KB021931

번트 사인

스마트북스
소설가

번트 사인

백성 스마트소설

문학나무

짧은 것만이 가슴에 남는 세상

그동안 시를 썼습니다.

시를 쓰면서 늘 무엇인가 못 다한 말이 남아있는 것 같은 아쉬움에 젖곤 했습니다.

시가 갖고 있는 직관과 찰나적 심상, 그리고 압축미를 사랑하면서도 후련하지 못한 이 부족감은 어디에서 오는 것일까요. 많이 번민했습니다. 시도 상상력으로 그려내는 깊은 관조와 서정을 기본으로 삶에 다가가는 것이라면 그 심오함이야 무엇에 버금 가겠습니까. 다만 이렇게 만족하지 못함은 내 모자란 시적 재능과 노력의 한계에서 오는 미완일 거라 자성하고 질책했습니다. 그러다가 문득 시가 심오한 아름다움을 보여주기는 하지만 마치 움직이지 못하는 화면 같다는 느낌이 들었습니다. 정지된 화면! 그리고 혹시, 동시에 서로 소통하지 못함에서 오는 한쪽만의 일방통행적 감성 때문은 아닌지 의문도 들었습니다.

　그래서 소설이 쓰고 싶어졌습니다.

　누구에게나 통하는 쉬운 얘기로 시에 감추어져 있는 것들을 보여주고 싶었습니다. 내가 만드는 심상과 인물들이 일상의 동영상처럼 살아 움직이기를 소원했습니다. 동시에 전해진 그 영감들이 다른 이의 가슴을 통해 즉시 되돌아오기를 바랐습니다. 타인의 눈을 통해 전해올 창조된 삶에 대한 반응이 몹시 궁금했기 때문입니다.

　우연한 기회에 시적 발상에 쌍방 소통이 가능한 현대적 감성에 맞는 그릇 하나를 발견했습니다. 그냥 누구나 들고 다니는 스마트 폰에 담기는 소설쓰기!

　직관과 찰나적 이미지, 그리고 압축미를 그대로 유지하면서도 영상이 살아 움직이며 즉시 소통하는 현대인 감성에 맞는 작은 이야기 그릇. 이런 '스마트소설'에 매료 되었습니다.

　시적 심상에 함축적 허구와 살아있는 의미심장한 서사를 이 그릇에 담아보고 싶었습니다. 어떤 긴 무엇에도 비견할 만한 맛과 향기를 듬뿍 담아서…….

시인이 소설을 썼습니다.

동리문학원에서의 2년의 새로운 도전은 나로서는 가장 의미있는 글쓰기였습니다. 스마트소설신인상 수상은 더 멀리 뛰기 위한 좋은 도움닫기가 될 것입니다.

큰 그릇, 작은 그릇, 세모 난 그릇, 네모 난 그릇. 둥글고 높은 그릇, 그리고 낮고 볼품없이 깨진 그릇. 그 속에 내가 본 세상과 삶을 걸러내 담아보려 했습니다. 다만 넘치지 않으려 노력했습니다.

이 그릇들을 이제 세상에 내 놓습니다. 깊지는 못하지만 얕지 않고, 높지는 않지만 낮지 않은 이 짧은 이야기 속에 내 인생의 발자국이 깊게 찍혀 있습니다.

보십시오! 이제 짧은 것만이 누군가의 가슴을 울리는 세상이 온 것입니다.

2017년 봄
광교산 자락에서 백성

차례

제2부
권력과 폭력 사이

제4부

사과나무 영혼에 대하여

제1부

세상 조용해서 좋긴 한데

조계야담曹溪夜談

도심의 외딴 섬처럼 조용하던 이곳이 갑자기 소란해졌다 의경 버스가 주위를 포위하고 무장한 초병이 출입구마다 배치되어 개미 한 마리 새어 나갈 수 없게 경계가 철통같다 작은 골목을 비추는 조명이 대낮처럼 밝다 모두가 누군가에게 감시 당하듯 괜스리 목을 움추리고 조심조심 오고 간다 가끔 매서운 바람이 떨어져 누운 낙엽을 담장 한쪽으로 쓸어 모으고 있다

저녁예불 끝을 알리는 범종 친 지가 제법 지났으니 밤이 깊었을 것이다 밖의 불빛 때문에 이 작은 관음전 4층 방에는 좀처럼 어둠이 찾아오지 않는다 불꺼진 창밖 석탑 위로 무수히 내려앉는 낙엽을 물끄러미 내다보던 그가 좌복도 없이 맨바닥에서 벌써 몇 시간째 면벽을 하고 있는 도법에게 말을

건다 각각 등을 지고 있어 소리가 멀다

"스님, 사방에서 산들이 조여올 때는 어찌합니까?"

대답이 없다 간혹 들리는 스님의 복식호흡 소리가 깊다

얼마만인가 밖에서 환한 후래쉬 불빛이 창가에 잠시 머물다 갔다

"저녁 공양은 하셨습니까?"

느닷없는 물음 하나가 돌아왔다 무슨 소린가 지금 공양 운운할 때인가

"네, 했습니다"

그는 퉁명스럽게 대답했다

"절에 계실 땐 절밥을 먹어야 합니다 공양도 수신의 일부입니다"

동지들이 몰래 반입해 주는 사식이 마땅치 않은 것이다 이건 그로서는 가장 큰 힐난이다 식사보다 그들이 와서 전해주는 바깥 소식이 더욱 마땅찮고 안타까웠을 것이다

그가 고개를 숙이고 길게 한숨을 쉬었다 벌써 일주일이 지났는데 밖은 더욱 강경해져 어쩌면 곧 사찰을 밀고 들어올지도 모른다고 밀보해 왔다

"산이 조여 오면 산속으로 들어가시면 됩니다"

"산속에 들어가서 제가 찾고 싶은 것을 찾을 수 있겠습니까?"

"산속에도 길은 무수히 많습니다 좀 힘들기는 하겠지만 쉬

엄쉬엄 찾으면 오히려 아늑하게 개울 속에서, 녹음 속에서 찾을 수도 있습니다"

"그런데 보살께서는 무엇을 찾고 계십니까?"

"소를 찾고 있습니다 잃어버린 소!"

'소'라는 말을 뱉고 그는 목이 메어왔다 큰 눈을 껌뻑이며 낮이나 밤이나 일만 하는 소가 불쌍했다 그리고 그저 주인이 던져주는 한웅큼의 건초더미나 여물 한 통이면 만족하고 언제 어디서나 시키는대로 일만 하다가 죽어서도 몸으로 육보시까지 하는 소가 눈물겨웠다

"소를 찾을 수 있겠습니까? 그 넓은 산속에서 어떻게 소를 찾습니까?"

"소를 찾기가 쉽진 않겠지요 그런데 진짜 소를 보신 적은 있으십니까? 소를 봐야 소를 찾으실 수 있을 텐데"

"소는 제 생명같습니다 매일 소들과 함께 먹고 자고 투쟁도 함께 합니다"

"그런데 본래 소를 타고 있으면 소가 잘 안 보입니다 제 눈엔 보살께서 소 등에 높이 올라타고 계신 것같이 보입니다 소에서 좀 내려오시지요"

정수리를 정으로 얻어맞은 것처럼 번쩍 하더니 한 줄기 섬광이 가슴을 후비고 지나갔다

고개를 돌려 스님을 보았다 스님은 조금도 흐트러짐 없는 가부좌를 하고 있었다 등과 어깨 위로 창밖의 불빛이 가루처

럼 뿌려져 내리고 꼬리뼈의 중간에서 직각으로 세워진 꼿꼿한 척추가 목과 함께 어둠 속의 부도(浮屠)처럼 정정하였다

  이튿날 온 세상을 떠들썩하게 했던 '조계사 관음전 도피사건'은 싱겁게 끝이 났다 종교시설을 방패 삼아 정부를 상대로 장기간 투쟁하던 노조 간부가 오늘 새벽 자진해서 걸어나와 며칠씩 고생하던 최말단의 한 의경에게 자수했다고 전해졌다

  그러나 좀처럼 납득이 가지 않는 것이 경찰이 여러 번 물었으나 그는 자수가 아니고 탈출시 그 말단 의경에 의하여 체포되었다고 끝까지 우기고 있다는 것이다 ✶

번트 사인

벌써 몇 시간째 그들은 나를 방치해두고 있었다. 정신을 겨우 차려 주위를 돌아보고 나서 나는 이곳이 세상과 단절된 어느 외딴섬의 한 곳이 아닌가 느껴졌다. 아무런 소리도 들리지 않고 창은 아예 검은 커튼이 내려져 밖을 내다볼 수도 없다. 어디쯤일까?

흰 벽, 백열등 하나, 나무책상과 의자 둘, 아무 장식도 꾸밈도 없는 사각의 작은 방. 나는 새장에 갇힌 잡혀온 뻐꾸기가 확실했다.

작은 발걸음 소리가 점점 커지더니 덜컹 문이 열렸다. 큰 키에 건장하게 생긴 남자 하나가 성큼 들어섰다. 짧은 머리에 검은 눈썹, 깊게 패인 눈이 차갑게 빛났다. 두리번거리며 무엇인가를 찾고 있었다. 이윽고 그는 내 얼굴을 한동안 들여다보았다. 그는 이제야 원하는 것을 발견한 듯 매우 심각하게 물었다. 작은 목소리였지만 힘이 들어 있어 확신에 차 보였다.

"번트 사인 냈지. 그게 언제야?"

나는 실소했다. 긴장감 뒤에 오는 어이없음도 그랬지만 나는 정말 상상도 못한 소리였다.

"번트라니? 지금 야구 얘기하자고 이 새벽 나를 잡아온 겁니까?"

진루타가 필요할 경우 야구는 가끔 희생 번트를 하기도 한다. 자기는 죽어도 우군을 진루시켜 단 한 번의 안타 기회에 득점을 내기 위한 고급 전술이라는 것쯤은 나도 안다.

"왜 번트가 필요했지? 그렇게 어려운 상황도 아니었는데도 말야."

나는 그의 의도를 도저히 이해할 수 없어 빙그레 웃고 외면했다. 순간 그는 버럭 화를 내며 크게 소리쳤다.

"웃어, 지금 웃음이 나와! 당신의 그 사인 때문에 사람이 죽었어."

"사람이 죽어요? 나는 사람 죽인 적 없어요. 무엇인가 크게 오해하고 있는 것 같은데……."

정말이었다. 나는 이때까지 감히 누구를 해친다든가 누구를 죽인다든가 하는 생각은 해본 적이 없다. 더구나 아직 공부중이긴 해도 명색이 성직자인 내가 누구를 죽인다는 것은 꿈에서도 상상할 수 없는 일이었다. 그는 한참 숨을 고르더니 침착하게 말했다.

"알아. 당신이 직접 죽인 것은 아니야. 그러나 당신은 누군 가를 부추겨 그를 죽였어. 그건 살인보다 더 나쁜 살인교사 야."

"아니 그런 일 없습니다. 생각해 보세요. 나는 보통 사람도 아니고 성직자예요. 하나님을 모시는 사람이 그럴 수 있다고 생각하십니까? 원 이건 말이 되야 무슨 말을 하지……."

"믿는 이가 양심을 속이면 안돼. 강지구가 다 불었어. 그는 당신의 사인에 따라 사람을 죽였다고 이미 다 자백했어."

"누구, 강지구! 그가 대체 누굽니까? 나는 그런 사람 모릅 니다."

"걱정 마. 곧 알게 될 거야. 어차피 대질해 줄 테니까. 잡아 떼도 별 수 없어. 우린 이미 확실한 증거를 갖고 있어."

소리치고 싶었으나 철벽이었다. 그는 내 대답은 더 들으려 고도 하지 않고 휙 나가버렸다. 나는 새장에 홀로 버려진 뻐 꾸기처럼 소리쳐도 소리쳐도 공허한 메아리 뿐, 더 이상 아 무것도 할 수 있는 게 없었다.

강지구? 이제야 생각난다. 아마 나는 그를 B호스피스 병 원에서 만났을 것이다. 그는 췌장암 3기로 석 달도 살기 어 렵다는 판정이 이미 내려진 말기암 환자였다. 해맑은 얼굴로 죽음을 앞두고도 언제나 미소지으며 의연히 견디고 있는 매 우 심지가 굳은 환자였다. 그는 강력 검사 출신이라 알려졌 지만 어디에서도 그런 티는 찾아볼 수가 없었다. 그는 항상 잘 웃고 누구에게나 친절했으며 특히 야구를 좋아했다. 그의 침대 주변은 온통 야구 관련 사진과 책, 도구들로 어지러웠다.

나는 그때 1주일에 한번 명상과 연도를 위해 B호스피스 병원을 찾고 있었다. 그는 그곳에서 요양중이였다. 말이 요양이지 사실 요양이랄 것도 없었다. 오로지 생명이 다할 날만을 기다리고 있는 사형수 같았다. 의사는 이미 그의 생명이 3개월도 채 남지 않았다고 선언하였고 그는 선선히 그 선언을 수용하고 닥쳐올 죽음을 기다리고 있었다.

그는 여타 환자와 많이 달랐다. 통증이 심한 날에도 몰핀을 맞아가며 야구중계를 시청했고 구토와 발작이 심한 날을 제외하고는 늘 외출 허가를 요구했다. 그는 언제나 혼자였다. 찾아오는 가족도 없었으며 간호사나 간병인 누구와도 별로 말이 없었다. 오직 혼자 조용히 마지막 삶을 정리하고 싶은 듯했다. 어쩌다 그가 나와 마주치면 몇 마디 말을 하곤 했는데 그는 무엇인가에 몹시 빠져 있는 듯 꿈에서처럼 얘기했다.

"이제 야구를 끊어야겠습니다. 야구는 인생의 축소판인데 이제 그것이 끝나가니까요. 아시겠지만 종착역을 기다리는 것도 즐거운 일이죠. 기대감도 있고요. 그러나 나는 그렇게 기다리고 있지만은 못하겠습니다. 시간도 없고요. 그래서 요즘 부지런히 제비꽃을 밟으려 다닙니다. 내가 제비꽃을 밟으면 제비꽃은 내 발 뒤꿈치에서 상처로 이그러지면서 짙은 향기를 냅니다. 맡아 보시겠습니까? 향기가 정말 좋습니다. 얼마 남지 않은 시간 제비꽃을 부지런히 밟으려 합니다. 그래서 나 없더라도 이 세상이 제비꽃 향기로 가득차면 얼마나 좋겠습니까? 신부님! 혹시 예쁘고 향기로운 제비꽃이 어디에 많은지 알고 계십니까? 알고 계시면 좀 가르쳐 주십시오."

그런 얼마 후 그는 정신을 잃고 쓰러져 중환자실에서 꼬박 2주를 보내기도 했다.

어느 토요일인가 내가 청소년 미사를 집전하고 있던 날일 것이다. 우연히 성전 맨 끝 줄에 앉아 있는 그를 발견했다. 많이 여위고 초췌해 보였지만 그의 안광은 여전히 빛나고 있었고 입술도 약간 웃고 있는 듯 보였다. 그러나 흩어진 머리카락이 그의 깡마른 얼굴을 반쯤 가리고 있어 한편으로는 어딘가 많이 음울해 보이기도 했다.

그날 나는 청년 학생들에게 용기에 대한 강론을 하고 있었다.

"예를 들어 어느 학교에서 힘센 아이가 약한 아이들을 괴롭힌다고 생각해 봅시다. 괴롭힘을 당한 아이들은 힘센 아이에게 애원하며 울며 소리치거나 아니면 잘 보이려 돈도 갖다 주고 선물도 사주며 환심을 사려 할 것입니다. 그러면 힘센 아이는 더욱 강도 높은 괴롭힘을 계속하여 약자의 고통은 날로 더할 것입니다. 그러던 어느날 한 아이가 비록 몸집은 작지만 용기를 내어 힘센 아이의 괴롭힘을 거부하고 당당히 맞서 싸웁니다. 작은 주먹을 휘둘러 그의 얼굴을 때립니다. 물론 그 작은 아이는 죽을만치 두들겨 맞겠지요. 그러나 그 다음부터는 더 이상 괴롭힘을 안 당할지도 모릅니다. 왜냐하면 그 힘센 아이는 이런 생각을 하기 때문입니다. 이놈은 나에게 그냥 맞고 있을 놈이 아니야. 내가 이놈보다 덩치는 크지만 어쨌든 나도 한두 대 얻어맞게 되니 괜히 이런 놈 때문에 망신당할 필요는 없겠지. 여기서는 애들 괴롭히는 걸 좀 삼가야겠다."

꼭 이기는 것보다 용기를 내어 자신을 희생함으로써 많은 동료를 살릴 수 있는 것, 이것이 진정한 용기라고 말했다. 강론을 끝내고 청년들과 인사하고 헤어진 뒤 그를 찾아보았으나 그는 어느새 가버렸는지 찾을 수가 없었다. 그 후 나는 무심했다. 벌써 몇 주째 나도 그를 보지 못했다.

"무슨 일이 있습니까? 강지구 씨에게."

이번에 나는 정말 진지하게 수사관에게 물었다. 그를 잘 안다는 긍정 표시이기도 했다. 수사관도 말투가 달라졌다. 그는 아마 이 순간이 수사상 제일 중요한 시간이라 생각한 듯 매우 심각한 어조로 또박또박 말했다.

"그는 어제 옛 검찰 동료 홍만표를 살해했습니다. 그것도 아주 잔인하게. 병원용 고단위 수면제로 잠들게 한 뒤 수술용 메스로 동맥을 끊어버렸습니다. 그런데 이상한 것이 피가 낭자한 침실 바닥에 붉은 제비꽃들이 널려 있었다는 겁니다."

　나는 깜짝 놀라 잠시 숨이 멎는 듯했다.

　"홍만표, 홍만표가 누굽니까?"

　"성직자는 신문도 안 봐요. 유능한 검사였던 그를 모른단
말이요. 한때 정의의 화신처럼 국민검사였던 그를. 그러나
변호사 홍만표는 어쩌다 돈독이 올랐는지 글쎄 일년에 110
억의 수임료를 받아 쳐먹고 불법으로 오피스텔 100채를 구
입하지 않나 아예 정신이 돌아서 돈지랄을 하고 있었지요.
그것도 어떤 미친 노름꾼 하나를 구하기 위해서 말입니다.
그 잘난 돈벌레는 어둔 지하철역 스크린 도어에서 컵라면 뚜
껑도 열지 못하고 잡초처럼 죽어간 젊음 따위는 생각도 못했
을 겁니다."

　그의 핸드폰이 울렸다. 그는 나를 남겨둔 채 황급히 조사
실 문을 박차고 뛰어나갔다. 매우 다급한 듯했다. 혼자 남아
골돌이 생각했다. 확실한 무엇이 퍼뜩 머리를 스치고 지나갔
다. 직감했다. 내 강론이 번트 사인이었다는 것을.

　아니 진심으로 그것이 내가 낸 번트 사인이길 바랐다. 도
저히 이길 수 없는 게임을 바라보며 누군가 세상을 한 발짝
이라도 진루시키기 위해서는 희생 번트가 필요하고, 그는 이
제 명이 다한 목숨을 던져 번트를 대고 싶었을 것이다.

　나는 제비꽃을 뿌려놓은 그의 마음도 알 수 있을 것 같았
다.

　덜컹 문이 열리고 헐떡거리며 그가 돌아왔다. 나는 벌떡

일어나 수사관을 향해 소리쳤다.

"맞습니다. 분명 내가 사인을 냈습니다. 그런데 타자는 지금 어디 있습니까?"

이때 가까이에서 긴급 출동한 앰뷸런스의 사이렌 소리가 귀청이 터질듯이 들렸고, 나의 외침은 그 소리에 깊이 파묻혀 낮게 낮게 가라앉고 있었다. ✻

컵라면 성자 되던 날

오늘 세계노숙자협회는 2016년 올해의 최고 긍휼식품으로 컵라면을 선정하고 영국왕실의 기사작위와 같은 '세인트' 칭호를 수여하면서 다음과 같이 그 선정 이유를 밝혔다.

컵라면 님은 주린 자들과 함께 집에만 있는 것이 아니고 노숙하는 자나 길 잃은 자를 위하여 과감히 냄비에서 스스로 뛰쳐나와 거리로 나선 매우 용기 있는 분입니다.
이분께서는 비록 냄비에서 벗어나셨지만 지금도 몸소 자기희생의 삼위일체를 실천하시는 큰 사랑이 있어 충분히 성자라 부를 수 있을 만큼 거룩하신 분이라 믿습니다.

컵라면이 성자의 반열에 들던 날,
체육관에 모여 결과를 초조히 기다리던 200여 개의 컵라면들은 감격의 눈물을 흘리며 그동안의 고생이 헛되지 않았음을 대견해 했다. 그리고 대표격인 사발면을 통하여 진심에서 우러나오는 말로 겸손하게 그 소감을 피력 했다.

어떻게 우리가 그 수많은 가난한 자를 제 몸같이 돌보던 성 프란치스코 성자나, 중생의 해탈을 위해 영화를 헌신짝 버리듯 져버린 부다처럼 성자가 될 수 있겠습니까?

가당키나 한 일이겠습니까?

우리는 그저 낮은 곳에서 묵묵히 본분을 다했을 뿐입니다.

너무 보잘것 없는 우리를 과분하게 보아 주시는 것은 아닌지 참으로 당황스럽고 부끄럽기만 합니다

그러나 우리는 선조들이 그리했듯이 가난한 자, 외로운 홀아비, 기러기 아빠, 자취생, 길에 나앉은 노숙자, 모래바람 날리는 사막의 노동자, 고국 떠난 여행자와 교포, 심지어 바쁜 월급쟁이의 일용할 양식을 위해 뜨거운 물속으로 목숨 걸고 뛰어들었고 그들의 입맛을 위해 기꺼이 내 한 몸 가루가 되기도 했습니다.

아시다시피 용기 그 자체가 포장이자, 조리기구이고, 식기인 가진 것을 다 내어놓는 오로지 희생적 삼위일체인 삶을 마다않고 살아온 지 어언 40여 년이 지났습니다.

앞으로도 모든 이들에게 힘들고 어려운 역경 속에서 굳건히 살아 남을 수 있도록 그 "빠른 속도와 뜨거운 힘"을 아낌없이 다 줄 것입니다.

최후의 국물 한 방울까지도 모두의 가슴에 영원히 기억될 명품이 될 것을 약속드립니다.

보잘것 없는 우리는 성자라는 칭호보다 먼 길 떠나는 여행자의 배낭 속에서, 땀 흘리는 일터에서, 그리고 집의 조용한 선반 위, 공부하는 도서관에서, 또 한라산 정상에서 언제라도 필요할 때 도움을 드릴 수 있게 상비해 주실 것을 간절히 바랍니다.

신세대를 위해 나온 새로운 우리 친척들도 한 번 만나 보십시오. 변하지 않으면 죽는다는 것을 우리는 잘 알고 이미 변화에 목숨을 걸었습니다.

우리는 성자 칭호를 정중히 사양합니다.

다만 우리가 길 위에서 소외되고 가난한 자를 위해 꼭 필요했었음을 잊지 말아 주시기를 엎드려 빕니다. ✶

필살기

"그걸 말이라고 해, 나가!"

순간 책상 위 필기구가 바닥에 나뒹굴었다. 서류들이 공중으로 날아 올랐다.

얼굴이 붉어진 시험관은 필요 이상으로 핏대를 올리며 고래고래 소리쳤다.

"야, 뭣들해! 쟤 빨리 끌어내 어디서 저런 개뼈다귀가 다굴러 들어와서."

잠시 망설이려 했으나 소용없었다. 나도 스프링처럼 튀어올랐다.

"예를 들었을 뿐이지만 그것은 사실이지 않습니까. 틀린 답입니까?"

목소리가 약간 떨렸다. 그러나 결코 물러서고 싶지 않다. 직원들이 달려와 팔짱을 끼고 끌어내려 했다. 나는 완강히 뿌리치고 깊히 허리를 굽혀 세상에 없는 정중한 인사를 했다. 시험장은 조용해졌다. 나는 천천히 자료를 정리해 챙겨들고 아무 일 없는 듯 침착한 걸음걸이로 뚜벅뚜벅 출구로 향했다. 늠름한 뒷모습을 의식하면서.

대기실에서 초조하게 순서를 기다리고 있는 수험생들을 보고서야 후회가 엄습했다.

참아야 했나. 얼마만에 갖는 기회였던가. 아니 얼마나 기다리던 순간이였던가.

K항공은 내가 그토록 입사하고 싶어 했던 꿈의 일터였다. 독수리 휘장을 단 감색 제복을 입고 검은 여행슈트를 끌며 뉴욕행 밤 비행기에 오르는 승무원은 나의 오랜 우상이었다.

항공학교를 졸업하고 일찍 공군 복무를 마치고도 고시원에서 3년을 입사준비로 보내고 난 후에야 맞을 수 있던 면접이었다.

아버지 얼굴이 떠올랐다. 비행기를 좋아하는 아들을 위해 박봉에도 가장 최신의 비행기 장난감을 사주던 아버지였다. 무엇인가가 울컥 치밀어 올랐다.

납덩이같이 무거운 원망이 가슴속 깊은 심연으로 천천히 가라앉고 있었다.

한껏 긴장된 상태로 주어진 질문에 답해갔다.

기내에서의 응급조치나 법규, 행정수단, 직원관리 등은 거의 완벽하게 답했다고 생각된다.

그러나 면접이 거의 끝나갈 무렵, 시험관은 웃으며 고객서비스 관련 부분을 묻겠다며 '90대 10의 원칙'을 물었다. 나는 쾌재를 불렀다. 너무나 잘 아는 원칙이었다. 많은 준비가 이제야 비로소 나에게 행운을 가져 오고 있다고 여겨졌다.

'스티븐 코비'의 이 원칙은 내가 예상문제로 여러 번 익힌 리더 십 문제중 하나였다

— 당신 인생의 10%는 당신에게 일어나는 사건들로 결정됩니다.

나머지 인생의 90%는 당신이 어떻게 반응하느냐에 따라 결정됩니다.

우리는 우리 인생에서 일어나는 10%는 전혀 통제하지 못합니다.

예를 들면 자동차가 고장나는 것을 막을 수는 없습니다. 그러나 나머지 90%는 다릅니다.

그 나머지 90%를 결정하는 것은 바로 당신입니다.

당신은 길가의 빨간 신호등을 조작할 수는 없습니다.

하지만 당신의 반응을 조정할 수는 있습니다.

당신의 반응은 당신에 의해 통제될 수 있기 때문입니다.

이 반응이 당신 인생의 성공을 좌우합니다.

여기까지는 잘 됐다. 시험관은 흐뭇한 얼굴로 나를 보고

있었다.

그러나 사단은 그 다음이었다.

내가 기내서비스와 관련시켜 반응을 설명하면서 기쁜나머지 약간 흥분된 것이 문제였다.

지난번 뉴욕에서 일어났던 K항공의 '땅콩회항' 사건을 떠올려 예로든 것이다.

한 경솔한 임원이 일으킨 어리석은 반응이 개인를 넘어 사회에 끼친 해악과 이것이 회사의 명예에 끼친 손해는 정말 숫자로 표시할 수 없을 만큼 큰 것이며, 앞으로 이것을 만회하려면 그 많은 직원이 들여야 하는 고통이 어떨 것이냐 그는 한번 생각이나 해 봤겠냐며,

이처럼 작은 반응 하나가 회사와 개인의 인생에 미치는 파급 효과가 실로 막대하다고 목소리를 높혀 질책했다.

그리고 이 일은 코비가 말한 90%에 해당하는 자신이 통제할 수 있는 반응으로 만일 그날 그 자신이 잘 통제하여 '땅콩서비스'를 웃으며 받고 돌아와 그 규정 위반이나 서비스 품질개선을 후에 도모했더라면 회사와 직원들에게 얼마나 많은 이익이 돌아갔겠냐고 덧붙였다.

그때 시험관은 내 설명을 다 듣지도 않고 감전된 듯 벌떡 일어나 의식적으로 더욱 큰소리를 내질렀다. 주인을 의식한 그의 반응 또한 여리고 슬픈 충복의 민얼굴, 그것이었다.

나는 바로 후회했다. 코비의 텍스트에 나오는대로 예를 들었어야 했다.

아침 식탁에서 어린 딸의 커피 쏟은 사건으로 설명했었다면 아무 일도 생기지 않을 일이었다. 내가 책임져야 할 나의 과잉 반응이었다. 그러나 나는 마지막 그의 반응이 오히려 반가웠다.

약속된 카페에 들어섰을 때 녀석은 게임에 빠져 허우적대고 있었다.

옆 의자가 부서질 듯 털썩 주저앉았는데도 그는 핸드폰 화면에서 눈을 못 떼고 있다.

"야, 나 왔어. 정신차려 인마. 너 인생을 게임에 걸거냐."

그제야 놈은 게슴치레한 눈을 치켜뜨며 아쉬운 듯 화면에서 눈을 떼었다.

"이거 정말 물건이다. 새로나온 '랄프 맥슨 뉴 버전'인데. 주인공 팬텀이 주먹나오는 타이밍에 기술을 쓰면 십중팔구는 카운터로 원킬을 얻어맞고 뻗게 되어 있어. 피차 좀 더 공정하게 타이밍 맞춰 기술을 써야 살아남을 수 있다는 거지. 야, 그래 어떻게 됐냐. 잘 될 것 같애?"

내가 고개를 흔들었다.

"네 우거지 상을 보고 이미 짐작했다. 잘 됐다 인마. 다시 노량진 고시촌 쪽방에 가서 컵밥 먹으며 몇 년 더 썩어 봐. 인생이 별거냐, 없는 놈은 다 그런거지 뭐, 내 뭐랬냐. 누가 찌르고 들어오면 한방 카운터 날릴 줄도 알아야 한다고.

그래 했냐? 어디 꺼내 봐. 녹음 됐나 보자. 씨팔, 녹음 말고 영상이 있으면 더 좋을 텐데."

"걱정마. 곧 카톡이 올 거야. 인수에게 부탁했어. 걔가 바로 내 뒤에 있었거든."

나는 안주머니 깊은 곳에서 아직도 따뜻한 체온이 남아있는 핸드폰 하나를 꺼냈다.

"작동해 봐. '갤럭씨 S 6' 최신형이라 감도가 좋을거다. 네 거하고는 본질이 달라."

녀석은 어제 누구 건지를 빌려와 내게 조작법을 열심히 교육했다. 재생 버튼을 눌렀을 때 웅웅거리는 소리에 섞여 면접 상황이 정확히 녹음되어 있었다.

절정이던 시험관의 고함소리와 발자욱소리, 내 형의 목소리, 그리고 출입문 닫히는 소리까지. 그런대로 들을만 했다

"됐다 인마. 이만하면 너 떨어지지는 않겠다. 꼭 합격시켜야 될 것 같은데 아니 이참 너를 아주 영웅 만들어 볼까. 갑질에 이골이 난 놈들은 우리가 이런 흉기를 갖고 있는지 쥐뿔도 모를거다. 어떡할까? 그냥 인터넷 유튜브에 올릴까 아니면 YTN에 제보할까? 이왕이면 공중파가 낫지 않을까? 아니야 아니야. 종편에 주면 좋아서 환장들 할 것이다. 며칠은 종일 떠들어 댈걸. 아직도 반성할 줄 모르는 흥미진진한 '땅콩회항' 속편 아니냐."

나는 그 뉴스가 나간 뒤 K항공 임원의 반응을 상상하면서 노련한 검투사처럼 녹음된 필살기를 들고 일어섰다. ✸

여치소리

며칠째 귓속에서 여치소리가 났다.

무엇인가에 박박 긁히는 듯 마찰음으로 들리다가 징소리처럼 갑자기 금속성 높은 공명음으로 변하기도 했다.

여치와 내 귀 사이에서 누군가가 질긴 고무줄을 걸어놓고 당기고 있는 것 같은 팽팽한 긴장감이 정말 싫다.

"미안합니다. 사정이 어려운 줄은 알지만 학교 방침이 여러분을 골고루 써보라 합니다. 그동안 수고하셨습니다. 이건 작은 성의입니다."

하얀 봉투 하나가 탁자 위에 놓였다.

그래도 이번 2년은 비교적 담담하고 성실했다. 계약기간 만료는 당연했다.

군소리 없이 짐을 쌌다. 이때부터 그 지겨운 여치소리가 또 시작됐다.

"김 선생 너무 고집부리지 말아요 학교 행사도 중요한 일이고 어쩌다 재단에서 부르는 일도 중요한 일입니다. 까짓눈 한번 감고 같이 어울려 보면 좋을 텐데……."

학과장은 나의 고집을 나무랐다. 몇 번의 학교 MT, 교직원행사, 가끔 재단 이사장 사적 모임에서의 연주를 부탁했으나나는 늘 거절했다.

오늘 마지막 레슨을 했다.

지고이네르 바이젠 제3부 스타카토는 이제 힘이 부쳤다.

2부 '유랑의 달'만 여러 번 연주하는 것을 학생들은 눈치채지 못했다.

2년의 경력을 갖고 또다시 2년을 찾아 헤매는 것은 그리어려운 일도 아니다.

집시처럼 늘 그래왔으니까. 다만 이번엔 지겨운 이 이명으로부터 꼭 탈출하고 싶다.

붐비는 지하철에서도 여치소리는 계속 따라왔다.

지하철 기계음과 승객들의 떠드는 소리에 섞여 여치는 사람들 사이를 휘익휘익 휘젓고 다니는 듯했다.

나는 눈을 지긋이 감고 짐짓 모른척 했다. 아무도 내 귀를의심하는 사람은 없었다.

문득 한겨울 워싱톤 DC 랑팡 프라자 역에서 남루한 옷을 걸치고 아무도 들어주지 않는 바이올린을 켜던 '죠슈아 벨' 생각이 났다.

듣는 귀가 없는 그의 아베마리아는 지하철역의 한갓 소음이었고 32달라 17센트는 그의 소중한 일당이었다.

어머니는 사라사테의 우수를 사랑했다.

어린 내 손에 활을 쥐어주며 집시처럼 유랑하는 그녀의 운명을 내게 넘겨주었다.

유학시절 찾아온 뉴욕 콜롬버스 서클 근처, 어둡고 좁은 자취방 한구석에서 그녀는 쪼그리고 앉아 내 사라사테를 듣고 통곡했다.

지금 아무 것도 기억하지 못하는 그녀는 오직 나의 활이 만드는 일당에 목숨을 의지하고 요양원에서 지낸 지가 벌써 여러 해 됐다.

지하철 1번 출구를 나와 어둔 거리에서 나를 노려보고 있는 신호등과 마주섰다.

노랑 눈알이 번뜩이며 점멸하고 있다. 언제부턴가 신호등의 빨강과 파랑이 싫어졌다.

정지도 안전도 믿을 수 없기는 마찬가지였고 간혹 올바른 방향도 가리키지 못하면서 깜빡이기만 하는 저 신호등의 눈깔을 내일은 파버려야겠다고 생각했다.

아파트 계단을 오르며 귓속에서 물흐르는 소리가 들렸다.

달팽이관 중간계단에 머물렀던 여치가 림프액 신호로 전정계단으로 이동 중이었다.

갑자기 어지러웠다. 평형이 무너진 계단이 와르르 쏟아져 내렸다.

잠시 아파트가 물구나무를 섰다. 엘리베이터가 주머니에서 동전 빠지듯 거꾸로 떨어지며 하얀 봉투가 훌러덩 옷을 벗고 바닥에 흩어졌다. 내일은 어머니 면회일인데…….

부끄러웠지만 눈물은 나지 않았다. ✗

세상 조용해서 좋긴 한데

큰 애야 큰 애야 워찌된 일이여 귀가 귀가 안 들려야
적막강산이야 세상이 온통 적막강산

전화 속에서 들려오는 어머니의 다급한 목소리
부리나케 뛰어가 보았으나 주말 저녁 그 늦은 시간에 갈
곳은 없고
겨우 찾아 간 곳이 C병원 응급실
귓속을 들여다보던 앳된 의사가 하나 남은 고막마저 찢어
졌다고 태연히 말한다
고혈압이나 심한 스트레스에 그럴 수도 있다는데 어머니
는 묵묵부답
아무 말씀이 없다 좀 더 검사를 해보야 한다는데……
90노인이 불려다니며 X레이다 CT다 시달리다가 기진맥

진

　결국 바싹 마른 삭정이 같은 팔에 수액 바늘 꽂고 늘어져
버렸다
　잠이 올 듯도 한데 자꾸 부시럭거리는 것이 영 마땅치 않
은 표정이다

　애비야 안 되겠다 잠이 들려면 수속이 복잡한디 이대로는
못 자겠다
　이 복대도 풀어야 하고
　안경도 벗어야 하고
　보청기도 빼놓고
　틀니도 빼버려야 하는디
　이게 어디 자는 것이냐 이렇게 다 하고는 못 자

　가까스로 약 기운에 잠이 든다
　얼마쯤인가 어스름 동이 틀 무렵 반쯤 일어나 주섬주섬 옷
매무새를 고치며

　더는 못 자겠다 몸이 아프면 잠도 안 오고 외로움만 더 해
　왜 이렇게 사나 후회로 뼈가 시릴 때는
　꿈 속에서 죽은 네 누이가 보여
　어떤 때는 얼마나 보고 싶은지 당장이라도 달려가
　내 손으로 무덤 흙이라도 파내고 꺼내오고 싶을 때도 있지

늙으면 어미 속 아는 딸 하나쯤은 있어야 하는디

니도 딸들에게 잘 혀 안 그러냐 세월은 화살이여 니도 금방 늙어 금방 그러고 저러고 왜 이리 안 죽는데냐 징글맞게 긴 목숨줄이여 이젠 그만 죽어도 되는디 암 되고 말고 야 근데 귀가 안들리니 세상 조용해서 좋긴 좋은디

복대를 끄르지 못 해 한껏 꼿꼿해진 어머니의 등 뒤

흐릿하게 밝아오는 창 밖으로 2월의 찬 비가 추적추적 내리고 있다

지금 비 오는 북쪽 창가 그 바로 밑까지 또 하나의 봄이 찾아와 있고 ✻

동숭가회 사람들

봄을 재촉하는 비가 내렸다.

우리는 밤 11시가 넘어 카페 '니체'로 들어섰다. 누군가가 오늘같이 좋은 날 그냥 헤어지기는 아쉽다고 맥주 한잔 더 하자는 바람에 동숭동 우리 동네로 돌아왔다. 늦은 시간이라 그런지 비 때문인지 카페 안은 한산했다. 겨우 입구쪽 소파에 한 그룹이 조용히 맥주를 마시고 있었고 우리가 앉아있는 뒤 벽쪽으로 조금 어둠진 자리에 젊은 커플이 부둥켜 안고 사랑에 흠뻑 젖어 있었다.

비오는 봄 밤. 우리는 이미 충분히 취했고 서서히 들떠갔다.

"좋겠다. 부럽다. 나는 언제 저런 것 한번 해보나."

"뭐 말이야 부둥켜 안는 거. 그거야 언제든 말해 내가 얼마든지 해 줄 수 있어."

영화의 눈흘김이 내 이마에 화살처럼 꽂힌다. 매섭다. 이윽고 그녀의 시선이 먼 곳을 향한다.

"아니. 상 말예요. 상이란 결국 자기 하는 일의 공인 아니겠어요? 나는 요즘 확실히 그게 필요해요."

"상보다도 상금이 탐나는 거겠지. 2천만 원이면 적은 돈이 아니잖아. 영화는 특히 돈을 많이 좋아할 것 같은데."

"그것도 아니라고 할 수는 없지만. 부처님 같은 P작가 남편 봐요. 그이도 좋아서 어쩔 줄 모르잖아요. 그 걸 보면 돈 싫어할 사람 하나도 없지."

우리 모두는 동화 공부모임 '동숭가회' 멤버였다. 함께 공부하는 작가 P가 모 방송국 장편동화 공모에 당선되어 오늘 시상식이 있었다. 그 뒤풀이에서 우리는 맘껏 술을 마셔 진심으로 그녀를 축하해주었고 돌아온 행운을 부러워 해주었다. 그리고 앞으로 올 우리들의 가능성 또한 조금도 의심치 않았다.

"그런데 위원장 축사대로 초인이 정말 올까?"

갑자기 내가 초인 얘기를 꺼내자 탄소를 소재로 과학동화를 쓰는 이 교수가 얼른 받았다.

그는 별로 심각하게 생각하지 않는 기색으로 설명하듯이 말했다.

"아마 5년 내에 올 겁니다. 인간과 기계가 같이 협력을 해서 지능을 더 발전시키고 거기에 더하여 약간의 감성을 학습

시키면 이 세상 최고의 인공지성, 인간의 뇌를 능가하는 초
인이 분명 나타날 겁니다."

공모작 심사위원장은 요즘 한참 회자되고 있는 AI(인공지
능) 알파고를 예로 들면서 이제 머지않아 인간의 노동은 필요
치 않게 될 것이고 인간보다도 지능이 훨씬 뛰어난 신인간,
초인이 올 것이라는 말로 축사를 시작했다.

"그런데 P작가는 세상을 보는 눈이 정말 알파고 같아. 내
용도 내용이지만 그 작품이 어쩌면 그렇게 시류에 딱 맞는지
몰라. 놀라워."

영화가 P작가의 혜안에 찬사를 보낸다. 그도 그럴 것이 P
의 당선작 「비금도의 꿈」은 요즘 사회현실에 기가 막히게 잘
맞아들었다.

소외된 낙도 '비금도'. 재학생이 24명뿐인 이 학교 어린이
들의 오케스트라 구성과 훈련의 애환, 그리고 작가가 그려낸
갈매기에 실어보내는 비단결 같은 연주 모습은 눈물을 적실
만큼 감동적이었고 더욱이 이 학교에서 피아노를 배워 국제
콩쿨에서 입상하는 한 소년의 성공기가 곁들여져 감동은 두
배가 되었다. 또 얼마전 조성진의 국제쇼팽피아노콩쿨 제패
뿐만아니라 '비금도'는 세계적 바둑기사 이세돌의 고향이라
고 알려지고 나선 누구도 더 이상 언급할 필요도 없이 그저
어안이 벙벙할 지경이었다.

"그 봐. 공부도 중요하지만 앞 일을 꿰뚫어 보는 혜안이 더
중요하지."

"그런데 그런 초인이 오면 정말 인간은 쓸모없는 잉여인간
이 되버리고 마는 건가요? 너무 불쌍해 보이네요 인간이. 아
마 니체가 그랬지요. 허허 어쩌다 보니 우리가 지금 '니체'
속에 들어와 있긴 하지만. 머지않아 초인이 올 거라고. 그러
나 그 초인이 인간 일을 모두 뺏아 갈 거라는 소리는 듣지 못
한 거 같은데. 안 그래요? 선생님."

철학하는 원교가 웃으며 물었지만 나는 무언가 섬뜩했다.
맥주잔을 놓고 과일 안주를 집던 황 선생의 갈라진 목소리가
탁자 위로 쏟아졌다.

"니체의 초인은 물론 다르지. 그는 어디까지나 인간성에
바탕을 둔 것이니까. 그의 초인은 〈본래의 모습을 잃어버린
'자신'을 극복해 본래의 '자신'으로 되돌아 가는 것. 진정한
'나'가 되기 위해 현재의 '나'의 모습을 끊임없이 망각하는
것.〉 이것이 초인이 되는 방법이라고 했으니 무엇이라도 모
두 끌어모아 거대한 빅 데이터로 생각하고 판단하는 AI초인
과는 그 인간성에서 근본적으로 다르지 않겠어. 인간을 위해
보여주는 것도 인간을 위해 나누어주는 것도 서로가 다를 것
이고."

"망각하는 초인과 축적 저장만 하는 초인. 망각하면 바보
가 되고 온통 쌓아 놓으면 자유롭지 못해 기계의 노예가 될
수도 있겠네요."

원교의 송곳 결론에 모두가 시무룩해졌다.

"니체는 '천진무구한 어린아이'와 같은 모습이 내가 지향

하는 초인의 모습이라고 했지."

어린아이 같은 모습의 초인! 내 말이 끝나는 순간 황 선생 머리에 번개처럼 스치는 말 한마디, 아직도 가슴에 남아있는 축사의 맨 끝부분이었다. 심사위원장은 웃으며 장내를 한번 돌아보았지만, 목소리에는 힘과 감성이 함께 실려 있었다.

"아무리 알파고의 지성이 인간을 넘어설 수는 있어도 사람 같은 인간이 될 수는 없습니다. 알파고는 피아노도 인간보다 잘 칠 수 있고 바둑도 이길 수 있습니다. 그러나 작품에서처럼 서로 사랑하며 위로하고 좌절하면 다시 손을 내미는 협동과 희생, 그리고 집념으로 꿈을 이루어 가는 그 기쁨과 감동을 저런 기계가 어찌 알겠습니까? 인간이 알파고와 다름은 「어린왕자」와 도테의 「별」같이 어린 초인을 꿈속으로 이끄는 동화를 갖고 있다는 사실입니다. 알파고는 감히 한번도 꾸어 보지 못한 사람의 꿈 이야기. 천진 무구한 어린아이의 마음으로만 만들 수 있는 가장 아름다운 세상 이야기! 모르겠습니다. 앞으로 알파고에게 동화를 읽혀 학습시키면 어쩌면 우리 아이들의 좋은 친구도 될 수 있는 것일까요? 한번 연구해 보고 싶습니다. 위대한 동화의 힘이 만드는 아름다운 인간들의 세상을 위해서……."

잠시 황 선생은 가슴 깊은 곳에서 솟아오르는 뜨거움을 느낀다.

동화는 초인 모습의 어린 가슴속에서 꿈과 사랑, 의지와 완성의 결정체로 살아 움직인다. 지금 우리는 그걸 창조하고 있고. 기계로는 도저히 만들어낼 수도 이해 할 수도 없는 정신의 시원(始原) 같은 값진 것들을.

　이야기에 빠져 시간 가는 줄 몰랐다. 손님이 모두 떠난 홀에는 우리만 남아 있었고 다른 한쪽엔 이미 불도 꺼져 있었다.

　"열심히 동화를 써서 알파고에게 한번 읽혀 보자. 알아! 맑은 영혼을 가진 알파고가 생길지. 이 비 그치면 봄이 올거야. 이쁜 봄꽃처럼 향기로운 동화 하나씩 쓰자. 알파고도 감동하여 눈물을 철철 흘리게."

　황 선생이 크게 말하며 껄껄 웃었다. 그리고 우리는 남은 술을 모두 나누어 마셨다.

　맥주에 어지간히 취한 영화가 웃지도 않고 진지하게 말했다.

　"어쩌지 나는 사투리로 써야 하는데 알파고가 사투리 동화를 잘 알아먹기나 할는지 몰라."

　아무도 웃지 않았다. 모두 심각했다. 비 그친 새벽, 우리는 어깨를 나란히 '니체'의 무거운 철문을 열고 밝아오는 거리로 나섰다. ✿

사과에 대한 가설적 진화론

1

다윈을 추종하는 진화론자들은 사과나무가 야생이었을 때
사과는 사각형 모양으로 열렸었는데 점점 환경에 적응하기
위해 구球 모양으로 진화되었다고 주장한다

바람 불 때마다 서로 부딪치며 생기는 상처
상처에 난 단물을 빨기 위해 모여드는 벌레들
비나 눈이 올 때 짊어져야 하는 무게 등을 생각하여
각보다는 원이 이를 피하기 좋고
생명의 근원인 햇빛과의 광합작용을 위하여도
사각보다는 이곳저곳 골고루 잘 비추는
둥근 구 모양이 훨씬 유리했을 것이다

영혼의 기원을 신봉하는 진화심리론자들은 사과 모양의 변화는 영혼작용과 심리적 기원의 영향에 의한 것이라 주장한다

사과에도 태초 영혼이 있어 타인으로부터 존경받고 싶어하기도 하고 사랑의 심볼이 되고 싶어해 하트 모양의 둥긂을 갈구했다는 것이다

비록 현재는 나무에 매달려 있지만 언젠가는 낙과가 될 텐데 그때 뭇 동물들로부터 안전하게 몸을 보호하기 위해서는 경사를 이용한 굴림으로 이를 피해야 한다는 본능적, 심리적 압박감을 갖고 있었다는 것이다

그래서 항상 땅 위의 경사를 잘 살피고 굴림을 이용한 도피를 위해 사각을 버리고 구 모양을 택했을 거라는 주장이다

이 두 가지 주장이 가설임을 감안할 때 실제와 꼭 맞을 거라고 보기는 매우 어렵다

2

한때 우리 아버지들도 사과처럼 대단한 사각턱을 가지고 있었다

그들은 처음부터 환경이나 굴림 따위는 아예 안중에 없었고 누군가 등을 떠밀어도 네모난 턱 때문에 굴러갈 수가 없었다 그들은 오직 그 턱을 두 손으로 떠받들고 턱뼈가 묻힌 고향땅을 떠나지 못한 채 평생을 흙 속에 구르며 비석처럼

꿋꿋하게 살다 갔다

그러나 독재자의 글을 깨우친 나는 파도에 몽돌 굴리듯 턱을 둥굴둥굴 깎아야 했다

살아남기 위해 가끔 손도 비비고 누구보다도 민첩하게 어디에서든 미끄러지듯 잘 빠져나와 공 구르듯 사방을 굴러다녀야 했다

봉급날 월급봉투 안에서는 비겁하게 부서진 턱뼈들이 서로 부딪쳐 달그락 소리를 내기도 했지만, 그런 날은 식구들 몰래 한밤중 뒤란에 나가 혼자 꺼이꺼이 울기도 수십 번 펄펄 살아있는 영혼을 죽이기는 둥긂이 되기보다도 더욱 어려운 일이었다 그러나 오늘 아침도 더 둥근 턱을 갖기 위해 예리한 칼로 턱을 깎아내고 있는 거울 속 나를 본다

그렇다면 어떤가

이 두 가지 가설적 진화론이 경험적으로 보면 꼭 틀린 주장만은 아니지 않는가?

요즘 사과를 볼 때마다 부쩍 이런 의심이 들곤 한다

아방궁 옆 아자방

"연밥 어때?"

"무어 연밥? 누굴 노루 새끼로 아나. 나는 초식동물이 아니야. 나도 사나운 맹수가 되고 싶을 때가 있어."

"그래, 그럼 고기 먹자."

"좋지, 듣던 중 반가운 소리다. 벌써 여러 날 굶었는데……."

"실컷 먹게 해주지. 무한리필 서비스 어때? 맹수가 되려면 그 정도는 먹어야지."

"아이고! 이럴 줄 알았으면 사전 준비를 좀 해둘 걸. 며칠 배도 비워놓고 해구신도 좀 구해 먹을걸."

그녀의 눈흘김이 내 허벅지를 비틀었다. 아프지 않았다. 이것이 그저 그녀가 할 수 있는 최고의 교태임을 나는 안다.

학교 선생을 걷어 치우고 소설을 써 보겠다고 이곳 양수리로 내려온 지 벌써 삼 년이 갔다.

그녀는 나의 대박날 소설을 기다리는 사람 중 가장 절실한 한 사람이었다.

그녀는 어쩌다 소설 대신 면벽 참선으로 시간을 보내고 있는 한심한 나를 보고 있으면 초조할 듯도 했지만 겉으론 태연하였다. 걱정 말라고 자유스러운 지금이 얼마나 좋냐고 두 팔을 크게 벌리고 웃으며 말할 때마다 짐짓 믿는 척 해주었지만 사실 나는 믿지 않았다.

"야, 화끈한 위문공연에 벌써 기분이 좋아지네, 오늘은 뭐 좀 써지겠는 걸. 글 쓰려면 아무 잡념없는 무욕의 경지가 되야 하는데 그렇지 무한리필! 그것 좋지. 어디 욕계의 끝까지 한번 가보자 무엇이 있는지."

욕망 덩어리는 늘 망상을 만들었다. 먹고 싶은 것도 그중 하나였으나 시도 때도 없이 달려드는 외로움과 정념은 정말 참기가 어려웠다. 그 곰팡이같이 피어오르는 그리움과 욕정 사이에 늘 그녀가 있었다. 그게 사랑이라고 생각하다가 나를 돌아보면 그 초라함에 절망하곤 했다. 그런 밤은 새벽까지 강물의 흐느낌 소리를 들어야 했다.

"내가 보아둔 집이 있어 '아방궁'이라고 중국집이 아냐. 고기집이야 캠핑 고기집. 무슨 고기든 무한리필이야. 값도 싸고 분위기가 끝내줘. 한번 가볼래."

그녀를 따라 걸으며 내가 옛날 얘기를 했다. 내 고기 이야기에는 짙은 슬픔이 배어 있었다.

"어느날 고기집 불판갈이 알바를 끝내고 저녁도 굶은 채, 귀가 버스에서 잠이 들었어. 깨보니 주위에 아무도 없고 기사 아저씨도 없는데 어디선가 고기타는 냄새가 나는 거야. 침샘이 폭발했지. 그런데 내 몸에서 나는 냄새였어. 주린 배을 부여안고 하염없이 걸었던 그 밤. 그 어둔 골목길에서 따라붙던 고기냄새에 게걸들린 동네 개들의 붉은 눈빛과 질질 흘리던 그 침! 그때의 절망과 두려움 그걸 어떻게 잊을 수 있겠니."

'아방궁' 실내는 온통 살 타는 냄새와 연기로 가득했다. 홀 중앙에 목욕탕만한 불판이 있었는데 참나무숯이 벌겋게 타고 있었다. 그물 같은 석쇠가 불판을 덮고 석쇠 위에 던저져 이리저리 딩굴며 타고 있는 살덩이. 천정 쇠꼬챙이에 매달린 통돼지가 기름을 뻴뻴 흘리며 구어지고 있었다. 지옥이었다. 술은 큰 대야에 담겨져 이곳저곳 놓여 있었는데 고기는 생각 날 때마다 쓰윽 잘라다 먹으면 됐고 술은 무한정 퍼다 마시면 됐다. 먹다 죽어도 좋다고 했다.

우리도 바로 아귀가 됐다.

목살, 삼겹살, 갈비살. 엉덩이살, 귀고, 꼬리고, 머리고 닥치는 대로 잘라와 우적우적 씹었다.

물론 대접에 술을 퍼다 마시기도 했지만 홀 주위에 화초처럼 가꾸고 있는 채소를 꺾어다 먹는 재미가 특별했다.

우리는 다섯 번인가 여섯 번인가 왕복하며 구운 것은 뭐든지 가져다 먹었다.

얼마나 먹었나. 아마 둘이서 5인분은 먹었나 보다. 된장찌

개에 공기밥까지 먹으려다 우리는 그만 두었다.

"왜 이것밖에 못 먹나. 욕심대로 먹을 수 있어야 하지않아. 그러니까 먹는 것보다 못 먹는게 많아 무한리필인가. 빌어먹을!"

내가 항상 몸이 욕망보다 작음을 투덜댔다.

계산 카운터 뒤에 걸린 '주지육림'이란 현판이 기름에 쩔어 번질번질 번뜩였다.

내 몸에서 옛날 고기 냄새가 났다. 그녀의 배가 동산만 해졌다. 장난삼아 손으로 그녀의 배를 두드렸다. 둥둥 북소리가 났다. 우리는 깔깔거리며 강가로 향했다. 얼마 후 그녀가 배를 쓰다듬으며 우리는 언제쯤 아기를 가질 수 있겠냐고 물었다. 나는 대답하지 않았다.

문득 게걸들린 개들에 둘러싸여 공포와 두려움에 떨었던 옛날 내가 생각났다. 무서웠다.

내가 할 수도 없으면서 포도나무에 필 꽃을 기다리는 덧없는 희망을 주는 것은 어쩐지 죄 같은 생각이 들었다. 우리는 영영 돌아오지 않을 소식을 기다리는 폐허의 심정으로 천천히 저녁 강을 걸었다. 어둠이 강물을 다 건너기 전 우리는 서둘러 숙소로 돌아와야 했다.

아직 할 일 하나가 남아 있었다.

그녀가 고기냄새를 벗고 알몸으로 다가왔을 때, 그녀의 몸에선 잘 익은 와인 냄새가 났다.

시큼하면서도 달작지근한 포도향, 산과 타닌이 잘 어우러진 보르도 산 '샤또 마고'였다.

'마고' 향은 왠일인지 나를 쫓기는 듯 자꾸 조바심이 나게 했다. 내 조바심이 그녀의 다른 조바심을 일깨웠는지 그녀도 서둘렀다.

"서둘지 말자. 천천히 천천히. 몸 전체로, 리듬으로 느껴봐. 왜 그래 우린 처음이 아니잖아."

그녀가 내 머리칼을 쓰다듬며 돌려 안은 등을 가볍게 두드렸다. 나는 잠시 가라앉는 듯 했으나 순간 그녀의 몸이 너무 깊고 멀다는 생각이 들었다. 오늘은 더 깊고 아득했다.

그녀의 내면, 끝 모를 심연의 바닥에 파란 등불이 하나 켜져 있었다. 나는 그 심연으로 내려가 보고 싶었다. 그러나 길은 멀었고 바닥이 가까워질수록 질퍽거리며 발이 조여들어 더 이상 내려갈 수가 없었다. 숨이 막혔다. 끝이라 생각했다. 그리고 맥없이 무너졌다.

그녀가 젖가슴으로 땀에 젖은 내 머리를 안았다. 제비꽃 '마고' 향이 그녀의 가슴에 흘러 넘치고 있었다. 우유빛 가슴 굴곡에 가만히 입술을 댔을 때, 바이올렛! 보라색 부드러운 관능의 샤넬 향이 내 몸속으로 스며들어 파란 강물이 되어 흘러갔다.

숨소리가 제 자리를 찾은 뒤 내가 말했다.

"오늘은 너무 깊고 멀어서 닿을 수가 없었어. 좁은 길이 발이 빠질만큼 질었어."

"그랬구나 실망했겠네."

"아니 안타까웠어. 무언가 알고 싶은 게 있었는데 놓친 것 같았어."

"나는 꽉 찼는가 했는데 이네 텅 비어서 몹시 허허로웠어. 소중한 걸 잃어버린 듯 허무했어. 처음도 아닌데 말야."

그녀는 두 번이나 '처음이 아닌데'라고 말했다. 처음으로 다시 돌아가고 싶은 것인가?

우리는 아무 말없이 어둠 속에 한참을 누워 있었다.

희미한 불빛이 그녀의 양볼로 흘러내리는 물기을 비추고 지나갔다. 그녀는 울고 있었다.

"가지 마. 오늘 밤 같이 있자."

내가 그녀의 귓가에 속삭였다. 그러나 그녀는 습관처럼 일어섰다. 언제나처럼 내 내의를 챙겨주고 자기도 새 것을 갈아입은 뒤, 등 돌려 화장을 고치고 일상을 향해 총총히 떠나갔다.

잠이 오지 않았다. 조용히 일어나 앉았다.

여기가 욕계의 끝인가. 나른함 속에서 안개처럼 풀어지는 애욕의 덩어리.

내 소설이 그녀를 구원하지 못 한다면 그녀는 내 그림자 그늘에서 향기 잃고 말라가는 제비꽃이 될 것이다. 띄어 보낼까. 보라색 제비꽃이 강물을 따라 자유롭게 흘러가게.

불을 켜고 쓰다 만 원고를 열었다. 원고는 여기서 끝나 있었다.

"아방궁은 주지육림의 방이고, 아자방은 깨우침의 화살을 심중에서 꺼내들고 '부처 나오너라 쏴 죽이겠다' 하는 방이다. 이렇게 다른데 왜 같다할까. 술에 미친 고기덩어리가 춤을 추며 무아지경이 '극락이다' 하는 방, 춤추고 싶은 고기덩어리 깨워 '네가 부처다' 하는 방이 종장에는 하나로 통한다는 것이다. 나는 너를 건너고 너는 나를 건너는 것처럼 둘이 하나라는 종장이 있기에 생명은 찬란하다."*

가만히 내려다 본다. 한 자도 더 쓸 수가 없다. '둘이 하나라는 종장이 있기에' 라는 마지막 말을 지워버렸다. 부질없는 욕심이었나. 욕심의 끝에서 번뇌가 비수처럼 번뜩인다.

멀리 강물의 흐느낌 소리가 다시 들리기 시작했다. 이어서 물 위에 떠서 흘러가는 보라색 제비꽃의 환영이 어른거리기도 했다.

자세를 바로 하려했으나 고기가 가득한 배, 아직도 얼얼한 하초가 바른 아자방를 방해했다.

벽에 기댄 채 나는 두 손을 모우고 진심으로 부처님께 용서와 구원을 빌었다.

제비꽃 데려가시라! 잘 가거라 나의 부처야!

가서 뿌리를 내리고 그 향기를 뽐내며 건실한 씨를 거둘 영원한 안식처를 만나기를. ✈

*황충상 '푸른 돌의 말' 129P 인용

제2부
권력과 폭력 사이

도사님 도사님 우리 도사님

"힙 사이즈가 얼마요?"

세상에 허리 사이즈가 얼마냐고 가끔 물어 보는 데는 있었으나 앉자마자 대뜸 엉덩이 사이즈를 물어보는 곳은 난생 처음이었다.

"한번 일어나 보소. 그렇지 그렇지. 그렇게 한번 뱅그르 돌아 보시오. 옳치 옳치 더 크고 힘차게 그리고 더 빨리 빨리!"

얇고 넓은 치마가 뱅그르 돌아가는 회전력에 후로아 춤복같이 위로 휘말아오르더니 부끄럽게도 아랫도리가 훤히 드러났다. 그나마 날이 추워 긴 내복이었으니 다행이었지만.

내가 왜 이 짓을 해야 하나. 어제 남편 얼굴이 떠올랐다.

'이거 이러다가 낙동강 오리알 되는거 아냐. 무슨 굿판이라도 벌려야지. 이봐 당신이 어떻게 좀 해봐. 며칠 안 남았어. 경환이 다녀가면 살아난다고 걱정 말라 하더니 개뿔 더

안 좋아졌어. 지난 번엔 잘 했잖아. 어디 정말 용한데 가서 한번 물어봐. 이러다가 집안 기둥뿌리 다 뽑히고 송장 여럿 치겠다. 제발!'

다급함과 실망이 뒤섞여 마지막 부탁이라고 꼭 한 번만 가 봐 달라고 애원하던 남편 말이 생각나 꾹 참았다.

"아이고 허리는 30*이 넘고 엉덩이 사이즈는 100도 더 되겠네……."

혼자 말과 함께 그는 한참 동안이나 치마를 들고 서 있는 그녀의 엉덩이를 이리저리 노려보았다. 그리고는 타고 앉아 있는 힙 모양의 거대한 호박덩이를 가만히 쓰다듬기도 하고 이따금 토닥토닥 두드리기도 하더니 갑자기 쏟아진 비트음악에 맞춰 고개를 흔들어댔다.

얼마나 세게 흔드는지 황금색 띠로 동여맨 긴 머리칼이 사방으로 흩어지고 등 뒤 백색 영사막에 뿌려지는 사이키 조명이 겹쳐 '로스코 신전' 추상화 같은 그림자가 온 벽면에서 광란의 춤을 추었다. 가쁜 숨을 몰아쉬며 두 손을 들어 그녀의 엉덩이 모양을 허공에 몇 번인가 그려봤다. 이윽고 그가 옆에 세워진 징을 쳤다. 음악이 멎고 실내가 밝아졌다.

징소리 긴 파장이 오래오래 머물다 서서히 사라졌다. 얼마간 아득해진 그녀의 정신과 함께.

"안 되겠네! 이번은 안 되겠어 백약이 무효야! 참으라고 그러게. 참을 줄도 알아야 더 큰 일도 할 수 있는 겨."

이게 무슨 소리인가. 기껏 한다는 것이 남의 여편네 세워 놓고 뱅그르 뱅그르 두 번 돌려보더니 안 된다고. 뭐가 안 된다는 거야. 버럭 고함이라도 지르고 싶었으나 그가 풍기는 묘한 엄숙함과 기괴한 샤만적 아우라에 주눅이들어 모기소리만큼 작게 중얼거렸다.

"글쎄 통 알아들을 수가 없어서 좀 자세히 설명해 주실 수 있을는지⋯⋯?"

"뭐 어려울 것도 없네. 잘 들으시게."

그의 목소리가 아주 진지해졌다.

"자네 엉덩이는 너무 커. 국회의원 마누라 엉덩이로는 너무 크단 말야. 그렇게 큰 엉덩이로는 구청장 마누라 엉덩이가 제격이지. 원래 향리 목민관의 마누라들은 엉덩이가 크고 치마폭도 넓어야하는 거야. 그래야 어디 논둑이든 시장바닥이든 철퍼덕 주저앉아 수다도 떨며 고향사람 슬픈 일 좋은 일 다 들어주고 오지랖 넓으니 주는 것도 많고 받는 것도 많아야 환영 받고 남편도 훌륭히 만들 수 있는 거지."

이참에도 그는 빙긋 웃으며 그렇게 크니 남편은 퍽 좋아하겠다고 실없는 농을 했다.

그런데 문제는 그 다음이었다.

"그러나 국회의원은 달라. 이 직업은 엉덩이 힘으로는 안 돼. 보시게 나라의 중앙무대라는 것이 보는 이들도 많지만 일의 성격상 여러 나라가 얽힌 복잡한 국제사가 많고 그러려면 날씬하고 스마트하고 사뭇 지성적이야 견뎌낼 수 있지. 믿으려 안 하겠지만 너무 크면 많이 미련해 보이는 것이 사실이고 또 너무 작으면 빈약해 보이는 것도 만고의 진리 아닌가."

물을 한 컵 달게 마신 도사는 이제 제법 과학적으로 풀어간다.

2004년 일본의 지방선거가 끝난 뒤 후꾸다(福田) 대학 정치연구소에서 「후보 마누라의 엉덩이 크기가 득표에 미치는 영향」이라는 분석 논문이 발표된 이후, 이것이 세계 여러 곳에서 원칙처럼 적용되고 있다는 것이다.

그 연구에서는 당선자의 마누라 신체 분석을 통해 '무라다이 미야꼬지이사이(村大都小)'라는 촌에서는 큰 엉덩이가 통하고 도시에서는 작은 엉덩이가 유리하다는 결론을 도출해냈다는 것이다. 물론 그는 지금도 이 원리가 당연히 현실적이라고 말하면서 덧붙였다.

"보시게, 서울에서 누가 뭐래도 이번은 라경원, 조윤선, 진선미등 아담한 볼륨 엉덩이를 가진 후보는 당선될 것이지만 '장군의 딸'이라는 김을동을 비롯한 중량의 서영교처럼 엉덩이가 대책 없이 큰 후보는 떨어질 것이 뻔하네. 모두가 시대가 바뀐 줄 몰라. 유권자의 성향 파악이 승리의 기본일 텐데도 말일세. 요즈음은 정책이다 정견이다 뭐 이런 따분한 것에는 별로 관심들이 없어. 한때 막걸리선거다 모바일선거다하고 떠들썩 했으나 이리하든 저리하든 당선만 되면 다 똑같은 놈들이 돼버렸거든. 그러니 이젠 아예 매력있는 몸매 따위에나 관심을 두자는 거지. 다 지들이 만든 자업자득이야. 2016년 올해는 몸매 중에서도 엉덩이가 뜨고 있어. 세계적 남성잡지 『FHM』이 올해의 최고 엉덩이로 쿠바 출신 모델 '비디 구에라'를 뽑아 선풍적 인기를 누리고 있고, 한국도 최고 힙 모델로 '설현'이 등장하여 십 억대 이상의 CF 출연료를 올리고 있지. 예쁜 힙업 엉덩이! 이 시대의 정신이고 대세지. 그러니 그 큰 엉덩이론 이번엔 안돼."

참 난감했다. 거의 초죽음이 된 남편에게 그만 두자고 '내 큰 엉덩이 때문에 안 된다고' 이게 말이 되나. 이럴 줄 알았으면 억만금을 들여서라도 힙업 수술을 했어야 했는데…….

그녀는 실망하는 남편을 도저히 볼 수가 없었다. 긴 한숨이 절로 나왔다.

제발 살려달라고 무릎을 꿇고 두 손을 모은 후, 복채가 든 핸드백을 통째 앞에 밀어 놓으며 간절한 눈으로 그를 올려다봤다.

눈을 감고 이리저리 몸을 흔들던 도사는 안색이 하얗다 못해 파래지는 그녀를 살며시 다가오게 하더니 은밀히 속삭였다.

순간 금방 죽어가던 구청장 마누라의 얼굴빛이 조금씩 조금씩 살아나기 시작했다. 점점 밝은 기색이 뚜렷해지고 목소리 톤이 갑자기 높아졌다.

"고맙습니다 고맙습니다. 지당하신 말씀입니다. 그럼요 그렇게 되기만 하면 진짜 좋지요. 꼭 그렇게 되도록 하겠습니다. 정말 정말 영험하신 엉덩이 도사십니다. 호호."

며칠 뒤 치열한 경선을 바로 앞둔 시점에서 유력 후보자 중 하나인 이상한 전 구청장이 기자회견을 자청했다. 그리고는 느닷없이 후보 사퇴 성명을 발표했다.

모두가 진박의 좌절이라고 읽었으나 영험한 큰 엉덩이를 갖고 있는 그는 속으로 웃었다.

"저는 오늘 이곳 대구 동구 S당 경선 후보직을 사퇴합니다. 그동안 보내주신 유권자의 호의는 진심으로 감사하게 생각하나 스스로 돌아보니 지금은 국가의 안위가 어느 때보다 막중한 때로 제가 소임을 다하기에는 경험과 식견이 많이 모자람을 깨달았습니다. 공부를 좀 더 하겠습니다. 저는 오늘부터 국방 안보 분야에 탁월한 식견을 가진 유승민 후보를 지지합니다. 그리고 그와 더불어 이 고장 향토 발전에 더욱 매진할 것을 약속드립니다. 모두 유승민 후보의 당선에 힘을 모아주시기 바랍니다."

─ 달은 차면 기우는 법이여. 기우는 달빛에 취하지 말아요.

이제 서서히 밀려오는 새물결에 발을 담가 봐요. 선거에 지면 모든 게 다 끝장이야.

지는 선거에 굳이 나서는 바보가 되지 마시게.

이번 선거가 끝나면 1년 후 대선, 그 다음은 바로 지방 선거예요.

아시지! 구청장 재선의 이 정도 큰 엉덩이면 도지사는 따논 당상이니까.

큰 것은 큰 것대로 쓸 데가 따로 있어요. 아끼고 때를 기다려요.

괜히 유승민과 원수질 필요 없어요. 무엇 때문에 생기는 것 하나 없고 골치만 아픈 의원 마누라 되려 해요? 도에 도지사는 한 명뿐이고 국회의원은 수십 명이야. 혹시 나중 대궐 같은 도지사 관저 저 높은 곳에서 나를 보시면 모른 체나 말아주세요. 도지사 사모님!

회견장 한구석에서 은밀한 도사의 말을 상기하며 엷은 미소를 짓고 앉았다가 슬며시 일어나 나가는 미래 도지사 사모님의 뒷모습!

그 함지박만하고 푸짐한 엉덩이가 저녁 뉴스 화면에 대보름 달처럼 휘영청 떴다가 졌다. ✶

*30은 인치, 100은 센티미터.

구름극장으로 개콘 보러 오세요

구름극장의 영업이 말이 아니다.

그래도 한때는 석양에 새털구름 몇 조각, 뭉게구름으로 노루 몇 마리만 만들어 놓아도 그리 좋아하고 영업도 쏠쏠했는데 어찌된 일인지.

사람들 모두 하늘 한번 쳐다볼 시간도 의욕도 없는지 매일 고개 쳐박고 땅만 보고 다닌다.

한동안은 바다만 보면 경기가 나더니 요새는 틈만 나면 순천이다 안성이다 쫓아다니느라 정신이 없으니 구름극장 장사가 잘 될 리 만무다.

참다 못해 구름극장 운영주들이 머리를 맞대고 불경기 타개를 위한 대책회의를 열었다.

비무리구름 그룹을 선두로 흰구름, 새털구름, 꽃구름, 조개구름 등은 개인 자격으로 참석했고, 회장인 양떼구름은 노루구름, 뭉개구름, 먹구름, 두루마리구름, 삿갓구름, 송이구름 등의 위임장을 지참하고 참석했다.

양떼구름 의장이 참석자들을 둘러보며 의견을 묻는다. 무거운 침묵 속에 아무도 말이 없다.

이때 늦게 참석한 쎈비구름이 벌떡 일어나더니 "까짓 우리도 지들보다 재미나는 것 하면 될 것 아니오. 우리도 개콘 한번 해 봅시다 개콘." 그러자 모두가 대찬성 박수 박수.

그래서 체면 불구 개콘을 해보기로 했다.

수십 년 쳐놓았던 영사막을 내리고 낡은 영사기도 치우고 오디오도 디지털로 바꾸고 조명도 LED로 모두 교체했다. 뭐 소품이랄 게 별것도 없지만 그래도 작은 소파 하나, 책장 하나, 차 테이블도 새것으로 샀다. 참 야한 그림도 몇 점 걸어 놓았다.

그런데 정작 문제는 개콘을 누가 어떻게 하느냐였다.

개콘을 하려면 대본도 있어야 하고 연출도 필요했지만 그러나 무어니 무어니 해도 출연자가 문제였고, 젊은 구름 중에는 송이구름이나 조개구름처럼 색기 자르르 흐르는 아이돌도 있긴 했으나 경험이 전연 없었다.

그래서 일단은 지상에서 가장 인기있는 연기자를 초청하여 연습을 부탁하기로 했다.

논란 끝에 끝사랑의 정태호가 불행스럽게도 하늘로 불려

올려졌다.

대본도 이왕이면 관중들의 눈과 귀를 확 뺏기 위해 19세 금의 화끈한 것으로 만들었다.

바닷가 글래머 조개구름이 산속에서 몇 년째 수도하던 어벙한 송이구름을 갖은 말과 아양으로 꼬셔서 달밤 모래밭에서 끈끈한 정사를 벌이는 섹스 코미디로 웃음도, 위트도 일품이었다.

특히 김나희와 견줄 만한 풍만한 조개구름의 몸매가 죽여주는 것이어서 자못 기대가 컸다.

개봉은 궂은 날 무언가 싱숭생숭해지는 그런 날로 잡고 많은 리허설을 거치고 가끔씩 예고편도 보여주기도 했으나 졸지에 하늘로 올려진 인기맨 정태호의 직접 출연 소문이 나돌아 매스콤의 관심과 반응이 폭발적이어서 어쩌면 예전의 그 구름극장으로 되돌아 갈 수도 있겠다고 운영주 모두는 가슴이 한껏 부풀어 있었다.

드디어 개봉 첫날.

금방이라도 비가 퍼부을 것같이 어두운 하늘.

붉은 조명이 들어오자 씨 드루 옷 속 풍만한 바스트 라인과 착 올려 붙은 힙을 뽐내며 조개구름이 등장하며 개콘은 시작 됐으나 빌어먹을!

멍석 깔면 뭐가 먼저 지나간다고 개콘보다 더 재미있는 지

상 일이 또 하나 터져 10년 공부가 나무아미타불이 돼버리고
말았다.

제주에서 올라온 웃기는 일 하나가 구름극장을 완전히 쑥
대밭으로 만들어버렸다.

세상에 어떻게 그렇게 높은 양반이 조개구름의 에스 라인
에 정신이 팔렸는지 여학생 지나는 대로변 벤치에 앉아 용두
암을 꺼내 베이비오일로 용두질을 쳤다니 한 번도 아니고 5
번씩이나 세상에 이것보다 더 재미있는 개콘이 어디 있겠는
가.

하늘 쳐다보던 사람들 모두가 땅바닥을 데굴데굴 구르며
배꼽을 잡았다니.

아무래도 구름극장은 이제 지상의 요상함에 더 이상 견딜
수가 없어 두 손을 들고 전업을 서둘러야 할 것 같다.

이것도 저것도 안 되면 먹는 장사나 부동산업이 제일이라
는데 몸에 좋은 노루구름 몇 근 끊어 해수병 환자에게 팔고
구름 걷히면 푸른 하늘 몇 만평 아파트 단지용으로나 팔아
볼까. ✗

끄트머리는 싫다

뜻밖이고 의외였다. L의 문자를 받고 한동안 정신이 혼미하였다. 그를 여태 잊고 있는 내가 뜻밖이었으며 또 그가 만나자는 문자를 보내온 것도 의외였다.

그가 몸을 좀 추스려 보겠다고 고향 남해로 내려간 것이 벌써 여러 달 된 것이 그제야 생각났다. 먼저 미안함이 가슴을 쳤다. 벌써 그렇게 되었나 세월의 빠름을 가늠할 수가 없다.

그와 나는 30년 이상을 한 일터에서 보낸 직장 동료였다. 같이 입사하여 거의 평생을 함께 했으니 따지고 보면 형제나 동창보다도 더 가까운 사이였다. 총각시절이나 결혼한 후 일어난 이런저런 비밀스런 이야기들도 서로 잘 알고 있는 처지고 보면 막역하지 않을 수가 없었다. 그러나 어쩌다 그가 폐암 말기 판정을 받고 대수술을 하였으나 다른 장기로 전이까지 되어 시한부 인생이 되고 말았다. 나는 몹시 안타까워 여러 번 문병도 갔고 얼마간 경제적 도움도 주었었으나 별 차도가 없었다. 그러다 몇 달 전 그의 부인으로부터 공기 좋은 시골로 낙향하여 마지막 희망을 걸어보겠다는 연락이 왔고, 그 뒤 부인의 갖은 정성으로 많이 회복되었다는 전언도 있었으나 나는 정말 미안하게도 바쁜 일상 속에서 그를 잊고 지냈다.

그랬던 그가 느닷없이 만나자는 문자를 보내왔으니 정말 뜻밖이고 의외였다. 더구나 그가 요즘 '호반'의 굴 맛이 괜찮을 테니 생굴무침이나 먹자고 덧붙인 것은 내 기호를 잘 아는 그의 배려이며 나에게는 거절할 수 없는 큰 유혹이었다.

우리는 한창시절 재동 근처 헌재 앞 '호반'을 참 열심히도 드나들었다. 입동 지나 찬바람이 불면 서산 갯벌에서 갓 잡아온 작은 생굴을 초장에 조박조박 무쳐내는 생굴무침이 일품인 곳이었다. 거기에 해물을 듬뿍 넣은 파전이며 맑은 바지락 조개국은 우리의 귀가 발길을 늘 붙들곤 했었다. 젊기도 했고 몇 잔 들어간 막걸리에 기고만장하기도 하여 울분을 토하기도 했으나 사실은 까마득이 보이던 높은 사람들 비위 맞추기에 지쳐 있는 자신이 참으로 원망스럽기도 했던 한 시절이었다. '호반'의 누런 창호지 벽에 붙여놓았던 우리의 눈물과 한숨은 지금쯤 어찌되고 있는 것일까? 그를 보러 가기도 하여야 했으나 그가 지목한 '호반'의 생굴과 벽지는 나를 가만히 놓아주지 않았다.

11월 12일 토요일.

우리는 붐비는 시간을 피해 늦은 점심때 '호반'의 2층 작은 방에 둘러앉았다. 물론 L은 가까운 K, C도 같이 하자 했으니 모두 네 명이 모였고 얼굴을 잘 기억하는 주인은 특별하다며 오늘 아침 갓 올라왔다는 생굴무침을 내왔다. 시큼한 초맛과 조금 달짝지근한 생굴 맛이 아삭아삭 하는 무채와 어울려 잠시 우리를 그 옛날로 돌려 놓기도 했다.

그러나 실내는 몇 번의 공사를 거쳤는지 옛날의 가구도 다정했던 벽지도 모두 변해 있었다.

그는 조금 말라 보이기는 했으나 생각보다는 건강해 보였다. 빠졌던 머리가 듬성듬성이지만 제법 까맣게 길어지기도 했고 휑 하니 들어갔던 눈이며 흐려졌던 눈빛도 밝고 맑아 보여 확실히 많이 좋아진 듯했다. 그가 막걸리 몇 잔이 돌자 껄껄 웃으며 말을 꺼냈다.

"글쎄, 죽을 줄 알았는데 그렇게 금방 죽을 것 같지는 않아. 아마 하느님이 날 알아보시는지 아직 부르지 않는데. 무엇인가 아직 할 일이 남아 있다는 말씀일 거야……."

"금방 죽기는. 이봐 얼굴색이나 피부가 우리보다 좋아 보인다. 공기가 좋아서 그런 거야, 먹는 게 좋아서 그런 거야?"

모두가 덕담을 했지만 나는 진심으로 한마디 했다. 이건 그를 잠시나마 잊었음에 대한 나의 사과와 미안함이 함께 들어 있었다.

"정말 잘 됐다. 이렇게 건강해졌으니…… 그동안 미안했다. 이제라도 자주 만나 회포 좀 풀어보자. 봐라 이 얼마나 기쁘고 고마운 일이냐."

그리고 건배를 제안했다. 모두가 크게 소리를 내어 그의 건강을 빌며 잔을 높이 들었다. 분위기가 좋아지자 쓸데없이 농하기 좋아하는 K가 슬쩍 짙은 농담을 했다.

"이봐, 그런데 그럴수록 조심해야 해. 원래 자네 마누라가 좀 색기가 있어 보였어. 좋아졌다고 마누라 욕심대로 따라 하다간 큰 일 나. 이럴 때일수록 당분간 마누라를 돌 보듯 하라고. 알았지?"

이런 눈치없는 놈이 있나. 나는 옆에 앉은 K의 옆구리를 몇 번이나 쿡쿡 쳤으나 그는 여전히 실없는 농담을 계속했다. 그러나 그는 빙그레 웃으며 아무렇지도 않은 듯 마누라는 벌써 오래전에 도망갔다고 남의 말하듯 말했다. 순간 모두가 깜짝 놀라며 분위기가 차갑게 얼어붙었으나 그는 오히려 잘 된 일이라고 다행스럽다고 짧게 설명했다.

"원래 거기는 마누라 고향이 아니잖아. 아는 사람도 없고. 먼 수평선이나 바닷바람이란 아는 사람이 아니면 견디기 어려운 것이야. 못 견디데. 애는 쓰는 것 같은데. 너무 몹쓸 일 하는 것 같아 그냥 가고 싶은 대로 가라고 했어. 두 달쯤 있었나. 그만하면 오래 있었지. 그냥 혼자 있는 게 편했어. 뭐 시간은 많고 할 일도 없는데. 그렇다고 금방 죽는 것도 아니고……."

그는 말끝마다 금방 죽는 것도 아니다라는 말을 여러 번

했다. 살고 싶은 것인가 오히려 살고 싶은 욕망의 발로가 거꾸로 표현되고 있는 것일지도 모른다. 이렇게 허망하게 죽을 수는 없다는 세상에 대한 미련 때문일 것이다. 그의 말 곳곳에는 무엇인가를 찾고 있는 것 같은 비릿한 냄새가 짙게 배여 있었다.

옛날 얘기에 시간 가는 줄 모르고 3시가 훨씬 넘어서야 우리는 '호반'을 나섰다.

K와 C는 다른 볼 일이 있다고 먼저 가는 바람에 나는 그와 단둘이 되었다. 그는 작은 가방을 하나 들고 있었는데 걸을 때마다 소리가 났다. 무어냐고 물었으나 그는 그냥 심심해서 시골에서 악기를 배우고 있다고 했다. 궁금했으나 거리에서 꺼내 보자고 하기도 뭐해 '그래' 하고 말았다.

안국동 로타리에서 그가 멀리서 들려오는 스피커 소리를 들으며 내게 광화문에 가지 않겠느냐고 물었다. 나는 병약한 그가 광화문 집회에 나서는 것이 몹시 걱정되었다.

"이봐 자네는 아직 완전치 못 해. 가지 마. 거기는 오늘 정치집회가 있는 날이야. 오늘은 전국 곳곳에서 수만 명이 모여들어 아마 저녁 늦게까지 촛불집회가 있고 거리 행진도 있을거야. 어쩌면 과격해질지도 몰라. 자네에게는 무리야. 가지 마."

그는 이미 모든 걸 아는 눈치였다. 그리고 그는 내게 제법 큰 소리로 말했다.

"무슨 소리! 걱정 마 아직 까딱없어. 나는 뭐든지 할 수 있어. 이봐 내가 왜 오늘 서울에 올라온지 알아. 여기 행사 참석하고 싶어 올라온 거야. 여기 온다고 생각하니 며칠 전부터 목소리도 커지고, 없던 다리 힘도 생기고, 몸도 더워지고 옛날 건강하던 때보다 오히려 힘이 더 생겼어. 자네 가기 싫으면 안 가도 좋아. 혼자 가도 되니까. 들어봐 저 함성이 나를 부르고 있는 것 같지 않아?"

순간 나는 참 난감했다. 사실 나는 이런 정치집회는 별로 좋아하지도 관심도 없다. 젊었을 때도 마찬가지였다. 학창시절 그 많은 데모에도 한번도 참석한 적이 없고 매일 도서관에나 틀어박혀 공부나 하던 범생이에 불과했다. 언제나 눈감고 스스로 방관자임을 자처했다. 살아가기에 그게 훨씬 편했다. 그런데 이 늙은 나이에 정치집회에 가서 고함이나 지르고 주먹이나 휘두르고 누군가를 향해 마구 욕이나 한다는 것이 무슨 의미가 있기나 한 것인가?

문득 의문이 들었으나 친구가 걱정되었다. 잠시 망설이다가 그의 건강을 생각해 '친구 따라 강남 간다'는 말처럼 보호 일념으로 따라 나섰다.

광장은 인산인해였다. 거대한 쓰나미가 몰려오듯 열기와 흥분이 넘쳐 흘렀다.

'박근혜 사퇴' '이게 나라냐' '순실이 너 죽었어' '로봇 대통령' 등 보통 때는 도저히 이해할 수 없는 구호가 바다를 이루고 있었다. 하늘엔 거대한 애드버른이 떠 있고, 온 광장에 울려퍼지는 음악소리, 구호소리, 박수소리. 환호성. 이건 완전히 무슨 축제장을 방불케 했다. 뜨거운 오뎅 파는 집, 커피와 차를 파는 포장마차, 각종 기념품 가게와 행사용 물품의 배급소 등 이것은 거대한 파시(波市)의 하나였다. 정치집회장이라기보다 기쁨과 웃음이 넘치는 아이들의 놀이공원 같았다.

대형 전광판에서 흘러나오는 빠른 노래를 따라 부르며 춤을 추고 있는 젊은이 사이에서 사물패들의 흥겨운 농악이 한창이었다. 그는 무척 흥분된 듯했다. 그는 나를 질서 있게 앉아 자유 발언을 경청하고 있는 무리 속으로 끌고 들어갔다. 나누어준 피켓을 흔들고 구호를 따라 부르며 그도 나도 점점 그들 속으로 빠져들었다. 야외무대의 자유 발언대는 사자후가 쏟아지고 있었다. 웅변 전문가도 아닌 가정주부, 어린 학생, 직장인들도 자기 소신을 뚜렷이 밝혔고 왜 이곳에 오게 됐는지 그 이유와 작심 발언이 뜨거운 열기에 열기를 더했다. 나는 깜짝 놀랐다. 어느틈엔지 L이 마이크를 잡고 무대에 서 있었다.

그의 머리에는 '선두쟁취'라고 쓴 흰 머리띠가 매어 있었다. 준비해 온 듯했다. 아픈 그가 어디에서 솟아나는 힘인지 귀청을 때리는 목소리로 좌중을 완전히 휘어잡았다. 그의 목소리는 거의 울부짖음에 가까웠다.

"나는, 나는 나쁜 놈입니다. 나는 거대한 악당들의 앞잡이였습니다. 나는 평생을 권력 있는 놈, 돈 많은 놈, 땅 많은 놈, 집 많은 놈들의 비위를 맞추며 편히 벌어 먹고 살았습니다.

나는 죽어 마땅 합니다. 권력 없는 놈이나 돈 없는 놈, 무지렁이 같은 것들은 개나 돼지로 무시하며 살았습니다. 그러나 나는 그냥 죽을 수 없습니다. 오늘은 내 죄 값을 치를 수 있도록 꼭 앞장을 서야겠습니다. 나는 솔직히 이런 집회 참석이 처음입니다. 이런 데모 하는 놈들은 다 불평분자나 종북주의자로 여겼습니다. 그러나 비로소 오늘 진실이 무엇인지 알았습니다. 양심과 정의가 강물처럼 흐르는 광장. 이 광장에 여러분과 같이 섰습니다. 나는 이제 죽어도 여한이 없습니다!"

그리고 그는 들고 있던 가방에서 반짝반짝 빛나는 꽹과리 하나를 꺼내 들었다. 그가 꽹과리를 치기 시작했다. 그의 꽹과리 소리는 하늘을 깨웠다. 소리에서 땅 울림 소리도 났다.

흘려치는 소리, 굴려치는 소리. 그 쇳소리가 가슴에 쏟아져 내리고 가슴을 펄펄 달군 그 소리는 강을 따라 흐르고 산을 돌아와 이곳에 모인 한 사람, 한 사람 피 속으로 젖어들었다.

"글쎄 어쩌다 내 몸이 이렇게 썩었나. 그러나 아무렇게나 죽을 순 없지. 암 죽을 수 없고 말고."

소리 속에서 이런 말이 들렸다.

왼손 놀림, 바른손 놀림, 바른 몸짓, 엇몸짓. 피 튀기듯 피 토하듯 잘도 내 뿜고 잘도 돌아가고 잘도 올라가고 잘도 칭

칭 감아주는 잦은 푸너리. 한풀이 새김질!

일그러진 얼굴로 이 앙다물고 쉴틈없이 돌아가는 휘모리 장단. 두드리고 치고 때리고, 달래고 어루만지고 그는 그냥 한세상 흥겹게 살자고 오른 신명이 아니었다. 그는 아마 여기서 죽을 심산이었나 보다. 장내는 완전히 그의 꽹과리 소리에 넋이 나갔다. 그가 덩실 덩실 춤을 출 때 흩어졌던 모든 깃발이며 피켓이 그를 에워싸고 모여들어 거대한 숲을 만들었다. 그는 있는 힘을 다해 목청껏 외쳤다.

"자, 여러분! 나는 오늘은, 오늘은, 끄트머리가 싫습니다. 제발 오늘만은 선두에 설 수 있게 해 주십시오. 이제 그 지긋지긋한 끄트머리가 싫고. 싫으니까!"

그리고 그는 꽹과리를 두 손으로 모아 들고 관중을 향해 머리를 숙였다. 장내에 울려퍼지는 박수소리, 환호성 소리. 바람을 가르는 깃발 소리. 그가 앞장을 섰다. 아니, 아니 그의 꽹과리가 선두에 섰다.

거대한 행진 대오는 그의 꽹과리 소리를 앞세우고 청와대를 향해 율곡로로 들어선다. 나는 점점 멀어져 가는 그의 꽹과리 소리를 들으며 빛나는 그의 선두를 축하했다.

이윽고 시위대가 썰물처럼 빠져나간 광장 한쪽에 나만 혼자 덩그러니 남아 있었다. 언제나처럼 나는 또 대오의 끄트머리에 엉거주춤 서 있다. 아직도 따라갈까 말까 망설이고 있는 방관자인 나를 오늘은 죽이고 싶었다. ✻

백사실 노송老松

검은 벨벳 커튼을 활짝 젖혔다. 아, 순백의 파노라마!

온통 흰 눈을 뒤집어 쓴 산과 나무들이 한눈에 들어왔다. 창 가까이 늘어진 노송 가지 위에 흰 눈이 소복히 쌓여있다. 마치 가체머리를 치렁치렁 걸치고 있는 것 같은 가는 모가지들. 그래 너무 큰 머리였구나. 그 무게가 한없이 가여워 보인다.

노송 가지 사이로 고개 내민 달빛이 눈에 반사되어 거울처럼 반짝인다. 한 폭의 동양화가 따로 없다. 언뜻 솔가지 사이로 보이는 옛날 아버지의 뒷모습. 아버지는 이 안가를 무척 좋아하셨다. 아버지를 따라 나섰던 어릴 적 생각이 난다. 아버지는 무엇인가 골돌히 생각할 일이 있거나 절절히 어머니 생각이 나면 이곳 부암동 안가를 찾았다. 자하문 너머 이 부암동 카페촌 기슭의 작은 안가. 그저 50평 정도의 낡은 2층

양옥인 이곳이 이 나라 권력자의 또 다른 집이라 여기는 사람은 아무도 없다.

그녀는 한숨이 절로 나온다. 광장의 함성을 피해 주말은 여기에서 보내는 것이 좋겠다는 주위의 말도 있었지만 어디에서건 그 소리는 그녀를 무겁게 짓누르고 있었다. 서 있기도 힘들고 누워있어도 가슴이 눌려 숨을 제대로 쉴 수가 없다. 어쩌다 이리 됐는가……?

더욱이 가까이 있던 사람들의 구속은 가슴을 찌르는 비수 같았다. 배신을 증오했던 내가 오히려 그들에게서 배신자로 낙인 찍혀 가고 있는 것은 아닌지 두렵기도 하지만. 그러나 지금은 어찌 할 도리가 없다. 사방이 온통 벽이다. 어쩌겠는가 그래도 비명에 간 부모님을 위해 마지막 명예만큼은 지켜야 되지 않겠나.

어디에서 불어온 바람인지 큰 눈보라가 한바탕 휩쓸고 지나갔다. 백사실 계곡의 바람은 예측이 어려웠다. 깊은 계곡과 큰 바위, 몇백 년을 지켜온 아름드리 노송들로 이루어진 숲. 그들이 만든 짙은 그늘과 굴절은 이 골짜기를 지나는 바람을 변덕 많은 민심처럼 인정사정없이 몰아치는 광풍이 되게 했다. 잠시 큰 소리에 두려운 생각도 났다.

달빛이 물러갔는지 실내가 어두어지기 시작했다. 싸이드 등을 올렸다. 주위가 조용해지고 벽에 긴 그림자가 생겼다. 갑자기 세상에 혼자라는 고독감이 가슴 깊이 파고 들었다.

"도착 하셨습니다."

노크 소리와 함께 낮은 목소리가 들렸다. 그녀는 천천히 뒤돌아 보았다. 이 비서관이 문 앞에서 어쩔 줄 몰라 하고 있었다.

"아…… 그렇군요. 이리로 모시세요."

그제서야 그녀는 내방객이 있었다는 사실을 알아챘다. 잠시 후 키 큰 노신사 하나가 만면에 웃음을 띠고 들어섰다. 무엇이든 녹아낼 듯한 농익은 미소. 그의 검은 노타이 셔츠에 회색 체크 콤비가 오늘따라 퍽 세련되게 보였다.

"미안합니다. 좋은 시간을 방해 했으면 용서하십시오. 창가에 서 계신 모습이 무척 아름다워 잠시 기다렸습니다."

역시 그는 외교관답게 수사에 빈틈이 없다. 기름장어라지. 그다운 별명이었다.

"오래 기다리셨나요. 죄송합니다. 기척이라도 좀 하시지요. 밖에 경치가 너무 좋아 잠시 빠져 있었습니다. 이쪽으로 좀 앉으시지요."

그녀는 안쪽 소파를 권했다. 그러나 그는 창가로 다가섰다.

"참 좋은 곳입니다. 어디서도 보기 힘든 아름다운 설경입니다. 하얀 눈을 이고 있는 노송이 정말 아름답습니다. 혼자 보기는 아까운 경치입니다."

"그렇지요. 경치는 참 좋습니다만 사실 이 골짜기는 원래 반골들의 성지였습니다. 중종, 인조, 두 반정 때 여기가 바로 반군들의 집결지였으니까요. 저 눈을 뒤집어 쓰고 있는 노송

들은 그 음흉한 역모를 잘 알고 있을 겁니다."

그는 긴장하고 있는 듯 입가에 웃음이 사라졌다.

"걱정 되세요, 걱정하실 필요 없습니다, 우리는 반군이 아니지 않습니까?"

그제야 그가 씽긋 웃었다. 새가슴인가? 엷은 의심이 스치고 지나갔다.

"한번 대범해 보시지요. 그러면 이 경치가 총장님 하나를 위한 경치가 될지도 모릅니다. 어쩌면 말입니다."

그 소리에 그는 몹시 계면쩍어 했지만 그녀는 진심이었다.

자리에 앉자 그녀는 포도주 잔 하나를 내밀었다. 포도주를 반쯤 따랐다. 그녀의 손에는 마시다만 포도주 잔이 들려 있었다.

"술이 많이 늘었습니다. 요즈음은 술이 없으면 잠자기가 어렵습니다."

그녀는 자조하듯 쓸쓸하게 웃었다.

"그럴수록 의지를 굳건히 하셔야 합니다. 오히려 전화위복이 될지도 모르니까요"

"놀래셨습니까. 제가 뵙자고 해서. 오신 지가 한 달은 돼가지요? 전화도 주시긴 했지만 꼭 한번 뵙고 싶었습니다. 물론 스스로 절 찾으시기는 쉽지않을 거라 생각은 했습니다만."

"아닙니다. 어떻게 생각하실지 모르겠으나 저는 그런 사람 아닙니다. 우선 급한 일부터 하고 난 뒤에 찾아뵈려 했습니다. 이 포도주 향이 참 좋습니다. 보르도인가요?"

그는 감탄한 듯 코를 잔 입술 가까이 댔다. 모른다면 그때 그는 진실하지 않았을 것이라는 생각이 들었다. 그래도 할 수는 없는 일이지만.

"기억 안나십니까? 작년인가. 뉴욕 맨해튼 총장 공관에서 저를 위해 준비했다고 내주시던 샤또 마고. 왜 위대한 여왕의 술이라고 말씀하시면서…… 아마 그때와 맛이 다른가 봅니다. 그렇겠죠. 이젠 그 말 많은 여왕 자리도 끝이나고 있으니까요. 어떠세요? 한 달 되셨지만 현실 정치에 뛰어든 소감이."

"글쎄요. 뭐가 뭔지 잘 모르겠습니다. 그러나 얼마간 더 가볼 생각입니다."

"제가 도울 일이 있을까요? 많이 도와드리고는 싶은데 제가 도와서 될 일이 아닙니다. 오히려 저를 밟고 가셔야 합니다. 무참히 밟아야 홀로 서실 수 있습니다. 정치, 이 바닥이 원래 더러운 오물 속 같습니다. 젊잖으실 필요가 없습니다. 그리고 이 사람 저 사람 눈치 보실 필요도 없고요. 소신대로 하십시오."

"걱정입니다. 체질에 맞는 일이 아닌 듯합니다."

그는 아직도 확신이 서지 않은 것인가. 불길한 예감이 들었다. 그래도 오직 이길 뿐인데.

"사실 저는 총장님을 꽃길로 모시고 싶었습니다. 여러번 말씀 드렸듯이 모든 것을 완벽히 갖춰놓은 뒤에 총장님과 함께 해야겠다 생각했습니다. 또 그동안 많은 준비도 했고요. 저 말고도 우리 모두가 같은 생각이었으니까요. 그런데 그 꽃길에 비바람이 치고 있습니다. 어쩌다 이리됐는지 잘 모르겠습니다만, 단 한가지 총장님이 꼭 후임을 이어주셔야 된다는 것만은 확실합니다. 물론 제 안위 때문만은 아닙니다. 이 나라가 사는 길입니다. 복수욕에 불타는 자들에게 나라를 맡길 수는 없으니까요. 어쩌면 그들은 저보다 이 나라를 단두대에 세울지도 모릅니다. 필요한 것을 도울 수 있게 해주십시오. 공개적으로 하기는 어렵다 해도 비밀리에 얼마든지 할 수 있습니다. 사람도 필요하면 드리고 자금도 조직도 이미 준비가 돼 있습니다."

그녀는 절박한 듯 쉬임없이 말했다. 그러나 그는 눈을 지긋이 감고 아무 대답이 없다.

"무엇이든 말씀만 하십시오. 아시다시피 이 바닥이 그렇게 신사적인 바닥이 아닙니다. 졸렬하고 비겁한 것이 한두 가지가 아닙니다. 조심도 하셔야 하지만 적의 약점도 몇 개 가지고 계셔야 합니다. 제가 사람을 시켜 준비한 것이 있습니다. 필요하시면 가져가십시오. 사람이 나빠서 그러는 게 아닙니다. 선거는 어떻게든 꼭 이겨야 합니다. 지면 사람 대접을 못 받습니다. 진 순간 바로 짐승만도 못하게 됩니다."

그의 얼굴에 홍조가 일고 땀이 흘렀다. 그제야 그는 그녀의 말에 약간 흥분된 듯 보였다.

이 정도는 대의를 품고 들어설 그가 겪어야 할 아픔도 시련도 아니었다. 지면 끝없는 추락이라는 것은 전쟁의 철칙이었다. 선거는 전쟁이었다. 어쩌면 목숨까지도 걸어야 하는.

몇 년 전 마지막 유세장에서 괴한의 면도칼에 찔려 목숨이 경각에 달렸던 그때 일이 떠올랐다. 생과 사. 그에게 지금 그걸 요구할 수는 없지 않은가.

그녀는 남은 마지막 마고를 원샷에 들이켰다. 흔들리는 불빛이 보이고 자꾸 눈이 감겨왔다.

"이겨야 합니다. 지면 사람도 아닙니다. 나도 당신 총장도, 그리고 이 나라도."

그녀는 일어섰다. 그리고 작은 쇼핑백 하나를 내밀었다. 그도 짐작했던지 마주서서 정중하게 받아 들었다. 이심전심. 그도 그녀도 그것이 무엇일 거라는 것은 이미 알고 있었다.

"요긴하게 쓰십시오. 꼭 필요할 겁니다."

그는 고개를 숙여 인사했다. 그리고 뒷걸음으로 몇 발 물러섰다가 이내 등을 돌려 나가버렸다. 멀리서 문 닫히는 소리와 자동차 엔진 소리가 함께 났다가 사라졌다.

얼마 후 이 비서관은 그 쇼핑백을 도로 들고 왔다. 그가 그것을 현관에 놓고 갔다고 했다. 그는 그것을 양심이라고 여겼을 것이다. 한번도 전쟁에 나선 적이 없는 그가 그걸 어찌 알 수 있겠는가. 그녀의 불행이라면 그것이 가장 큰 불행이었다.

돌아서 외등이 꺼진 창밖을 바라봤다. 노송 밑으로 반군의 그림자 같은 어둠이 스멀스멀 모여들고 있다. 어디선가 푸드득 날 것들의 날개짓 소리가 들리더니 쿵 하고 나뭇가지 꺾어지는 소리가 났다. 무게에 눌린 늙은 소나무 어깨 어디쯤이 마구 부러져 내리고 있었다. ✢

권력과 폭력 사이

"우 상경 찾으세요. 올라가 보세요."

수화기를 내려놓으며 홍 순경이 말했다. 물어볼 것도 없이 9층 지휘부로 올라갔다.

L차장은 얼굴이 완전 죽상이다.

"무슨 특별 대우를 했다는거야. 어떤 놈인지 내부 협조자가 있어. 그렇지 않으면 이런 걸 어떻게 알았겠어. 정말 미치겠다. 이러다가 기어이 무슨 일이 나지. 야! 우 상경. 너 조심해. 매사 입 조심해. 그냥 죽었습니다 하고 며칠 자빠져 있어. 영내 대기해. 알았지?"

나는 대답도 하지 않고 뒤돌아 나왔다. 일은 저희들이 저질러 놓고 나를 들들 볶아대는 것이 영 못 마땅했다. 이 참에 무슨 일을 한번 저질러볼까 진짜!

'일년에 외박 59일, 외출 85회, 휴가 10일, 복무중 1/3이

외출, 외박. 경찰 W수석 아들에 특별 대우'

오늘 모 조간 신문의 헤드라인이다. 그들은 참 용케도 알아낸다. 어떻게 그렇게 나도 모르는 숫자를 꿰고 있을까. 차장 말대로 틀림없이 내부에 협조자가 있을 것이다.

이런 일이라는 게 언제나 그랬듯이 권력이 어딘가 음습한 냄새가 나기 시작하고 조금씩 썩어가거나 목숨이 다해갈 즈음에는 필히 배반자나 기회주의자가 생기기 마련일 테니까.

아버지는 나와 생각이 많이 달랐다. 권력에 맛을 들인 아버지는 이젠 완전히 인생의 목표를 출세에 두고 최고 권력자 가까이 가기에 자신의 전부를 걸고 있었다. 그러기 위해 진실과는 아무 상관없이 혹시 맞이할 호기를 위해 무엇인가 말썽이 될 만한 것들은 만들지 않아야 했다. 그렇게 하여 바라는 것이 그 잘난 장관인가 아니면 그것보다 더한……

아버지는 미국에서 공부하고 있는 나를 어떻게든 귀국시키려 했다. 그리고 강제로 군에 입대시켰다. 겉으로는 신성한 국방의무를 다 한다는 것이었지만, 그는 단 한 가지 말고 다른 것은 아무 상관 없었다. 오직 그에게는 자식이 국방의무를 다 한 떳떳한 고위 공직자라는 그것만이 절실했고, 그것이 그에게는 출세의 금열쇠였다.

"야 수운아! 아무 걱정할 것 없어. 이 애비가 다 책임진다. 훈련만 마쳐라. 그러면 의경 중에서 제일 좋다는 서울청 행정부로 보내줄게. 거기에서도 잘해 줄 것이다. 뭐 막말로 너

하고 싶은대로 해도 돼. 누가 뭐라겠니. 네 아버지가 난데. 그리고 이럴 때 귀찮은 짐 하나를 해결하는 것도 나쁘지 않아. 공부는 나중에 해도 되잖니. 일단 들어와."

아버지 귀국 종용에 보따리를 쌌지만 나는 사실 그러고 싶지 않았다. 나는 원래 이런 국내 체제에는 잘 어울리는 놈이 아니다. 나는 미국이 훨씬 좋다. 나처럼 소위 금수저 물고 나왔다는 놈들이 다 그렇지만 아무리 돈 있고 권력 있어도 이렇게 늘 눈 부릅뜨고 소리 질러대는 나라는 영 체질에 맞지 않는다. 물론이다. 우리 외갓집 풍토가 훨씬 나에겐 잘 맞는 것 같다. 우선 자유분방하다. 아무 거리낌도 없고 남을 의식하지도 않았다. 저 하고 싶은대로 했다. 이모가 아이들 교육한답시고 '세인트크리스토퍼네비스' 국적을 가진 걸 보면 알 만한 일 아닌가.

내가 이곳에 살면서 도무지 이해가 되지 않는 게 있다. 누구 말대로 사람은 태어날 때부터 어느 정도의 신분 차이나 경제적 차이를 갖고 태어나는 것이 극히 자연스러운 현상인데 여기서는 그런 것이 도무지 용인되지 않는다는 것이다. 현실과는 너무나도 동떨어진 이상주의자들의 나라 같았다. 모두가 다 똑같은 권리와 의무를 진다는 것이 어디 말이나 되는가.

사회주의 국가나 공산주의 국가에서도 권력자와 그 가족은 완전 예외인 것이 사실 아닌가.

여하튼 나는 아버지의 감언이설에 속아 귀국 후 지난 4월

의경에 입대했다. 물론 아버지는 약속대로 훈련 후 서울청 본부로 배속되게 해 주었고 내 마음대로 다 할 수는 없었으나 그런대로 지금까지 잘 지내왔다.

중대로 내려왔다. 중대장은 내게 1주일 정도 내무반에 쳐박혀 조용히 있으라고 명령했다.

"우 상경, 너 정신차려. 절대 밖으로 얼굴 내밀면 안돼. 요소요소에 기자들이 들끓고 있어. 이런 땐 그저 피해 있는 것이 장땡이야. 내무반에서 한 발자국도 나가지 마. 그냥 쳐박혀 있어. 자빠져 자든지, TV를 보든지 네 맘대로 해. 야, 그리고 너 핸드폰 내놔. 너를 못 믿겠어. 씨팔! 잘못되어서 네가 어떻게 되면 나도 우리 중대도 끝장이야. 알았어."

그리고 그는 위치 파악 워치 하나를 던져주고 나가버렸다. 밥줄 때문에 어쩔 수 없어 하긴하겠지만 싫은 눈치가 완연했다.

밥 먹고, TV 보다가 또 밥 먹고, 내무반에서 낮잠 자다가 빌어먹을! 어찌 운동이라도 하고 싶어 연병장에 나가는 것까지 불호령이 떨어졌다. 이건 말이 쳐박혀 있는 것이지 영창 신세나 다름 없었다. 핸드폰이 없어 외부 세계와 완전히 단절된 것이 가장 견디기 어려웠다. TV만해도 그렇다. 켜기만 하면 푸른집 W수석에 관한 뉴스와 대담이 봇물처럼 터져 나왔다. 이렇게 신나는 화제가 따로 없다. 종편을 보고 있으면 나의 부친 W수석은 정말 죽일 놈이다. 동료 검사의 부정 증권 장사를 눈 감아주지 않았나, 처갓집 부동산 매각에 은밀히 권력을 이용하여 부당 이득을 본 파렴치범이며, 최고 권력자 주위에서 호가호위한 모리배쯤 되었다. 물론 나도 아버지를 잘 모르긴 하지만 이건 인간적으로 큰 모욕이었다. 제길 이런 종편을 언제까지 보아야 하나. 답답했다. 이런 답답증과 권태가 나를 거의 초죽음 직전까지 몰고갔다.

나흘째! 나는 더 이상 견딜 수가 없다. 이렇게는 숨이 막혀 죽을 것 같다. 살기 위해 탈출을 생각했다. 식당에 갔다. 아무도 상대해주는 이가 없었지만 취사병 K는 아는체 해 주었다. 사정사정해서 잠시 핸드폰을 빌려 혜인에게 문자를 보냈다. 오늘 저녁 부대 뒷문에 차를 대고 기다리라고. 그리고 아무 거라도 좋으니 사복을 준비해 달라고.

하루 종일 이 여자가 정말 올까 안 올까 그것만 생각했다. 어쩌면 이 애도 마음이 이미 변해 배반하는 것은 아닐까……?

저녁 8시! 어둠이 내린 뒤 중대원들이 막 귀대하여 북적거리는 시간을 이용하여 내무반을 슬쩍 빠져나왔다. 혜인이 위병들과 수작 중이었다. 그 사이 나는 위병소 뒷담을 재빨리 넘었다. 차는 뒷담 근처 외진 데에 주차해 있었다. 혜인이 웃으며 다가왔다.

"잘 왔어. 본 사람 없고? 훈련 받았다더니 정말 역전의 용사가 다 됐네. 타! 어서 이곳을 벗어나자 빨리."

차에 올라탔다. 몇 주만에 보는 마세라티 아닌가. 내가 제일 좋아하는 이 꽈트로 포르테는 속도가 날수록 무게감 있게 더욱 밑으로 가라앉는 경주용 꾸페였다. 혜인의 운전은 능숙했다.

"일단 시내를 벗어나자. 어디 좀 확 트인 바닷가 같은 데 없을까? 가슴이 답답해 살 수가 없어. 어디가 좋을까? 인천은 너무 가깝고…… 그럼 어디, 강릉에나 가볼까? 동해안이 좋을 거야. 내일 아침 일출도 보고 새로운 해가 떠오르면 누가 아니, 무언가 세상이 좀 바꾸어져 있을지도."

혜인은 시내를 벗어나 50번 고속도로 강릉 방향으로 차를 몬다. 150, 160, 180Km. 오르는 속도감이 기분을 더욱 좋게 한다.

"오빠. 저녁 먹었어?"

"아니. 그런데 배가 고픈지도 모르겠다. 야, 그렇지만 옷을 좀 갈아 입어야겠는걸. 옷 가져왔지? 어디 휴게소에서 잠시 쉬어 가자."

"응, 급해서 제대로 챙길 수가 없었어. 아빠 바지와 T셔츠 하나 챙겨 왔으니까 입어 봐. 대강 맞을 거야. 내가 그래도 햇숀 디자이너 아니냐…… 눈썰미는 있어. 호호호."

맞다. 그녀는 디자인 공부하는 학생이다. 잠시 방학으로 귀국 중이고. 우리는 뉴욕에서 만났다. 내가 NYU에서 경영학을 공부하고 있을 때 혜인은 뉴욕 햇숀 스쿨에서 디자인을 공부하고 있었다. 어느 날 우연히 SOHO 근처 재즈 바에서 그녀를 보았는데 얼굴은 귀여웠고 몸매는 매우 육감적이었다. 그녀는 나를 보자 금방 오빠라고 부르며 아는 체를 했다.

어쩌면 그녀는 의도적으로 나를 만나러 이곳에 왔을지도 모를 일이었다. 처음부터 그렇게 애교있게 구는 것을 보면.

"수운 오빠죠. 나는 혜인이. 잘 부탁해요."

그날 재즈 바를 나와 2차 맥주집에서도 그녀는 거리낌없이 웃고 몸도 부딪치고 아주 오래전부터 아는 사이처럼 굴었다. 척 봐도 알만 했다. 이런 애들은 공부에 별로 뜻이 없었다. 부유한 집에서 풍족한 학비를 받아 유학생활을 한껏 즐기며 집안 좋고 재력있는 남자들이나 꼬셔 시집이나 잘 가는 것이 인생의 최대 목표인 애들이었다. 혜인도 거기에 속할 것이다. 물론 나도 이들의 리스트에 진작 올라 있었겠지만 이런저런 핑계로 교묘히 접근해 오는 애가 많았다. 그래도 혜인은 그런 애들 중에서는 마음이 착한 아이였다. 그날 맥주에 취해 비틀거리며 혀 꼬부라진 소리로 말했다.

"오빠. 오빠. 나 지금 치마끈 풀었다. 알지?"

뜨거운 몸을 비틀며 기대오던 아이다.

"그러니. 그럼 너 화장실 다녀와야겠다. 혼자 못가면 내가 데려다 줄까?"

그랬더니 부릉 화를 내고는 무슨 이런 숙맥 같은 남자가 있나 하고 올려다보던 그 눈과 웃음을 아직도 기억한다.

우리는 뉴욕에서 잘 지냈다. 그녀는 이국의 내 외로움을 잘 달래주었다. 불러서 몸을 요구했을 때 한번도 거절한 적이 없다. 그녀는 오히려 더 자주 불러주기를 원하는 듯했으나 어느 때는 내가 자제했다. 어쨌거나 나는 아버지 때문에 소문을 몹시 두려워했기 때문이다. 소문을 두려워 하는 것은 아주 옛날부터 몸에 밴 나의 습관이었다.

여주 휴게실에서 간단히 요기를 하고 화장실에서 옷을 갈아 입었다. 의경 유니폼을 벗고 사복을 입으니 우선 마음이 무척 자유로워져 좋다. 바지단이 좀 짧은 듯했으나 흰 면바지가 그런대로 어울렸고 하늘색 티셔츠는 내 것처럼 꼭 맞았다. 군화를 벗고 운동화를 신었다. 날아갈 것 같았다. 인간이 살면 얼마나 산다고 이렇게 자유롭게 편히 살아야지. 무엇 때문에 그리 권력에 목을 매고 어렵게 사는지 나는 아버지 마음을 도통 알 수가 없었다.

강릉은 1시간밖에 걸리지 않았다. 대관령 터널을 벗어나자 비릿한 바다 바람 냄새가 와락 달려들었다. 어둠 속에서 넓은 바다가 눈앞에 펼쳐졌다. 속이 확 트이는 것이 이제야 조금 숨을 쉴 것 같다.

"어디 가서 술이나 마시자. 술 마신 지가 언젠가 몰라. 몸속에서 알콜 기운이 다 빠지면 아마 심장마비가 올지도 모르지."

나는 바다가 가장 잘 보이는 S호텔에 차를 세웠다. 휴가철이 끝난 바닷가 나이트 클럽은 한산했다. 드문드문 구룹 몇이 보였으나 춤추는 플로아에는 겨우 몇 쌍만이 돌아가고 있었다. 아무리 보아도 서울 강남이나 홍대 앞 같은 모습은 아니었다.

"오빠 여기는 물이 안 좋다. 어휴! 뭐야 늙은 꼰대들이나 즐기는 곳이잖아. 음악도 그렇고. 이게 무슨 부루스, 그것도 옛날 부루스…… 웃겨."

혜인은 투정이다. 그녀는 이런 분위기를 별로 좋아하지 않는다. 아이돌이나 젊은 그룹들이 나와 펑크나 랩 등을 질러 대야 그나마 무슨 자극이나마 올라나.

"오빠 얼른 마시고 방이나 잡자. 바다가 보이는 멋진 곳으로. 오늘 내가 화끈하게 한번 서비스 해주지. 호호."

그러나 나는 이런 분위기가 좋다. 흘러간 부루스도 그렇지만 어두운 조명 아래 서로 부둥켜 안고 돌아가는 저 플로아의 쌍쌍도 퍽 아름답게 보인다. 무척 고전적 그림이다.

나는 혜인을 끌고 플로아로 내려왔다. 와락 끌어당겨 안았는데 가슴으로 물컹 달려드는 촉감이 자극적이다. 몇 발짝 돌았을까, 그녀의 숨소리가 거칠어졌다. 그녀의 고개가 내 가슴으로 안겨 오면서 하체가 빡빡하게 밀착해 온다. 내 손이 엉덩이 끝으로 내려와 쓰다듬었을 때, 그녀는 재빨리 나를 끌고 자리로 돌아왔다. 그리고 내 무릎 위에 앉았다. 짧은 치마속의 맨살이 내 허벅지 사이를 지긋이 눌렀다, 그리고 그녀의 입이 내 입을 포개버렸다. 순간 내 손이 그녀의 블라우스 속으로 들어섰고, 땀에 젖은 그녀의 풍만한 가슴이 손 가득 쥐어졌다. 그녀는 내 목을 끌어안고 소파에 서서히 몸을 눕혔다.

이때 웬 커다란 손 하나가 내 목덜미를 와락 잡아 일으켰다.

"이봐 형씨. 이런 짓은 집에 가서 해. 여기가 당신 집 안방인 줄 알아. 눈꼴시게."

그러더니 내 목을 비틀며 치켜든다. 가슴이 반쯤 노출된 혜인이 쓰러져 있는 소파로 한 놈이 다가가더니 가슴을 덥썩 쥔다. 혜인이 비명을 질렀다.

"이게 조금 아까는 그리 좋아하더니…… 미쳤나. 남자는 다 똑같아. 내가 대신 해 줄게."

건장한 녀석 하나가 슬금슬금 혜인의 배에 올라타려 한다. 나는 도저히 참을 수가 없다. 발로 녀석의 등을 힘껏 밀어 찼다. 녀석은 의자들 사이로 나딩굴었다. 순간 다른 주먹 하나가 내 배를 강타했다. 그리고 어디서 날아왔는지 각목이 어깨를 내리 찍었다. 숨이 막혔다. 당해낼 도리가 없다. 나딩굴었던 녀석이 일어나 혜인을 질질끌고 홀 구석 어두운 곳으로 간다. 입이 틀어막힌 채. 나는 발버둥을 쳤으나 절대적 폭력 앞에 속수무책, 무력했다.

빌어먹을! 경찰이라고 말해버릴까. 어쩜 공권력은 이런 곳에서는 힘이 될지도 몰라. 그러나 그건 또 하나의 불씨를 만드는 일. 아버지 얼굴이 떠올랐다. 종편은 아마 그림까지 그려 보여주며 온종일 떠들어 댈 것이다. 드디어 W수석의 민얼굴이 드러났다고. 차장, 중대장 얼굴도 스쳐 지나갔다. 이런 무단 폭력 앞에서는 무엇보다 총구 권력이 정의일 텐데 권총을 가지지 못한 것이 후회스러웠다. 그동안 이같은 무소불위의 폭력이 얼마나 많은 인간을 개나 돼지로 취급하며 군

림했겠는가. 공포 속에서도 몸서리가 쳐졌다.

나는 재빨리 민초들처럼 비겁해지기로 했다. 그게 그중 제일 나은 방법 같았다. 얼른 일어나 무릎을 꿇었다. 그리고 깊이 머리를 조아렸다.

"아이구! 형님들 죄송합니다. 몰라보고 무례했습니다. 그저 용서만 해 주십시오!"

그리고는 차고 있던 시계와 지갑을 내놓았다. 그들은 그제야 빙긋 웃었다.

"이 새끼. 이제야 뭘 좀 아는 소리를 하네. 야, 그 계집애 이리 데려와. 그 애 핸드백도 뒤져 봐. 그리고 그년 아랫도리 벗겨. 못 도망가게. 야! 이 년놈을 잠시 붙들고 있어. 내가 돈을 빼 올 때까지. 너 이새끼! 비밀번호 거짓말이면 이년 가랑이를 확 찢어 놓을 거야. 알았지?"

그리고 놈이 나가버렸다. 잠시 후 놈이 헐레벌떡 뛰어들었으나 실망하는 빛이 역력했다.

"야, 잔고가 바닥이야. 돈은 좀 있는 것들 같은데. 이거야원! 돈 백만 원도 안돼. 이년을 어디다 감금하고 돈 더 넣으라고 공갈치자. 그리고 돈 넣는 사이 저년과 재미도 좀 보고."

혜인은 이미 죽은 듯 널부러져 있었다. 아랫도리를 다 내놓은 채. 이건 완전 절망이다. 물론 집으로 전화하면 돈이야 넣어 주겠지만 가만 보니 돈이 넘어온다고 해결될 일이 아니다. 더욱이 저들이 내가 누구란 것을 알게 되면 더욱 기승을 부릴 것이다. 안 되겠다. 나는 마지막으로 내 위치를 알리는 비상 워치를 눌렀다. 그리고 스르르 눈을 감았다.

눈을 떴을 때, 나는 강릉 경찰서 조사실 소파에 누워 있었
다.

"좀 괜찮아? 큰일 날 뻔했다. 놈들은 몇 명 도주하긴 했지
만 모두 체포됐어."

"혜인은 어찌 됐습니까?"

정말 미안하고 죄스럽다는 생각이 들었다. 그 애가 무사해
야 하는데……

"응 외상이 심해. 그러나 생명이 위독할 정도는 아니야. 여
기 병원에 있으니 염려 마."

많이 당했냐고 묻고 싶었으나 묻지 않았다. 내가 모르는
편이 오히려 나았다.

"놈들은 이곳 유명 폭력배들이야. 이봐, 어이 김 형사! 체
포된 놈들 조사해. 조서도 받고."

그때 형사 하나가 헐레벌떡 뛰어들어와 반장에게 무엇인
가 귓속말을 했다.

"뭐! 뭐라구. 조사도 말고 조서도 받지 말라고. 그냥 풀어
줘? 이봐! 어떤 개뼉다귀 같은 놈들이 그따위 소리를 해. 이
건 분명 폭행 강도 현행범이라고, 피해자도 엄연히 있고……
뭐 서울 본청…… 미쳤군 미쳤어, 다들 미쳤어!"

버럭 소리를 지르고는 조사철을 획 내던졌다. 너풀너풀 날
아간 조사철이 구겨진 휴지처럼 바닥에 사알짝 내려앉았다.

별수 있겠나. 또 하나의 폭력 앞에서 진실은 하얗게 바래가
고 말겠지.

나는 문득 가슴에 심한 통증을 느꼈다. 어제 정신없이 맞
은 자리가 새파랗게 멍들어 가고 있을 것이다. 폭력이 지나
간 사이로 또 하나 폭력이 내려앉아 덕지덕지 오물을 뒤집
어 쓰고 썩어가고 있다. 나는 가슴을 안고 데굴데굴 굴렀다.
반장은 119를 부르라고 소리쳤으나 나는 크게 손을 내저었
다. 이 아픔은 병원에 가서 나을 수 있는 그런 아픔이 아니었
다. ⚡

어느 어린이 날 풍경

"아빠, 약속 지켜야 돼. 내일이야."

"알았어. 내일이 벌써 어린이 날인가?"

"그래 내일이야. 알지. 내가 얼마나 기다렸는데."

"야 재인아! 그 총 꼭 사야 되는 거야. 총 말고 다른 것 사면 안 돼. 책이나 운동화 같은거."

"안돼, 안돼! 그게 꼭 필요하단 말야. 아빠, 그건 그냥 총이 아니야 24연발 자동소총이야."

"뭐, 자동소총. 그거 기관총 같은 거니. 너무 위험할 것 같다."

"아니야 장남감 총인데 뭘. 그렇지만 정말 발사돼 나가기도 해. 'XM08 라이플' 소총이라고. 동네 애들 모두 갖고 있어. 윗집에 이사온 정은이는 '레이저' 나오는 '빔'도 갖고 있어. 탱크도 잠수함도 여러 대 있고."

"배틀에서 이기려면 신무기가 필요한데 난 신무기가 없어. 언제나 아이들 한테 왕따 당한단 말야. 구식 딱총으로는 안 돼. 아빠 약속했잖아 사 줄 거지?"

"그래 알았어. 생각해 보자."

출근길 식탁에 앉아 커피 한잔 마시는 사이, 늘 깨워야 일어나든 10살 짜리 재인이가 눈 비비고 일어나 조는 눈으로 언제 했는가 모를 약속을 확인 중이다. 계란 후라이를 밀어 놓으며 아내가 나선다.

"이게 다 그 윗층 애 때문예요. 두 달쯤 됐나 윗층에 엄마하고 둘이 사는 11살짜리 뚱뚱한 애가 이사왔는데 그 애가 그렇게 놀기를 좋아해요. 매일 애들을 끌고 다니며 전쟁놀이다, 무슨 포캣몬스터를 잡네, 우주선 드론을 띄우네, 온 동네를 마구 휩쓸고 다녀요. 게네 엄마가 일을 하는지 어떤지 항상 집에 없으니 완전 제 멋대로지 뭐예요."

"애 아빠는 안 계시데?"

"사고로 돌아가셨데요. 그래서 보상금도 보험금도 많이 타 경제적으로는 꽤 좋아졌다나 봐요. 그러니 애가 해달라는 건 뭐든지 해준데요. 큰 일이예요. 여보 그거 사주지 마요. 비싸기도 하겠지만 교육상 좋지도 않아요. 이 달에 돈 쓸 일이 너무 많아요. 물가도 많이 오르고……동생 상정이는 말은 안 하지만 핸드폰을 갖고 싶어 해요. 오빠 것을 슬쩍슬쩍 만져보다가 싸운 적도 많아요. 가능하면 상정이 핸드폰을 사줍시다. 어쩌다 늦으면 연락이 안 돼 몹시 걱정이 될 때가 있어요."

아내의 말을 들으며 생각을 정리해 보는데, 이런 난처한 일이 없다. 이미 어린이 날 선물을 사주기로 약속한 체면도 그렇지만 내 아들만 동네 아이들한테 따돌림을 당한다면 이는 애비로서 정말 참을 수 없는 일이다. 무슨 수를 쓰더라도 따돌림만은 피해야 되지 않겠나. 동생일도 중요한 것 같기는 하지만.

먹는 둥 마는 둥 일어섰다. 회사에서의 오늘 미팅도 요즘 실적으로는 질책이 떨어질 게 뻔하다. 어떡하나 죽을 힘을 다하고 있는데. 그런데 요즘 모두가 다 이렇게 사나. 웃긴다. 안으로는 안 대로 밖으로는 밖에 대로. 정말 목 비트는 일들 뿐이니…….

그래도 날은 참 좋다. 푸르러 좋다. 어찌됐든 계절의 여왕 5월 아닌가!

원샷 소주잔을 소리나게 내려놓으며 유 대리가 소리쳤다. 얼마나 꾹꾹 눌러 참았다가 새어나오는지 말소리에 섞여 심한 바람소리가 들렸다.

"실망입니다. 홍 부장이 그러실 줄 몰랐습니다. 그동안 우리가 놀고 먹었습니까? 벌써 몇 달째 휴일도 없이 거래선 판촉이다, 적기 선적이다, A/S다, 광고다, 정말 뭐 빠지게 일했잖습니까. 새벽부터 밤 늦게 까지. 그래 그걸 다 알면서 그럴 수가 있습니까?"

왁자하게 떠들던 좌중이 일순 조용해졌다. 말은 안 해도 유 대리 돌발 발언에 모두 촉각이 곤두섰다.

"이봐 너무 심각하게 받아들이지 마. 부장도 오죽하면 그러겠어. 정말 실적 부진이 심각하다고. 누적 적자도 골칫덩어리고. 경영진이 또 얼마나 쪼고 들볶겠어. 좀 이해 해 봐."

"팀장님, 이건 이해고 뭐고 부장의 제 새끼들에 대한 신념상 문제라는 겁니다."

계속 휴일을 반납하고 일만 하는 직원이 안타까워 내일은 어린이 날이니 오늘은 좀 일찍 들어가고 내일 하루는 쉬자는 내 말에 모두 좋아서 막 책상을 정리하려던 순간이었다.

그때 부장이 들어섰다. 인상이 완전 험악해 보였다.

"뭐야, 어린이 날이니 쉬자고. 이봐 요즘은 매일이 어린이 날이야. 지금 쉴 마음이 들어, 안 팀장 진짜 이럴 거야. 정신 차려! 대미 수출 부진이 전년대비 15%가 줄었어. 상한에 5%밖에 안 남았어. 그리고 벌써 3개월째 적자고. 적자 나는데 월급 줄 회사 있어? 적자 나면 제일 먼저 줄이는 게 인건비야. 미주팀이 1번 타자 하고 싶어. 이 친구들아! 정신 똑똑히 차려. 목 잘리고 후회하지 말아. 목이 붙어 있어야 어린이 날도 있지. 목 없어 봐라…… 야! 유 대리 자네 목이 몇 개야? 왜들 그래 대책을 좀 세워 봐. 좋은 머리 두었다 무엇에 쓰려고 그래. 내일까지 획기적이고 참신한 적자해소방안 만들어 내. 엉?"

그리고 부장은 획 나가버렸다. 부장이 내던진 갈기갈기 찢

겨진 자존심 조각들이 사무실 여기저기서 소리없는 아우성
이 되어 한참을 굴러다녔다.

"판매 부진이 왜 우리 잘못 입니까? 이상한 대통령 하나가
들어서서 수입관세다, FTA 재 협상이다, 현지공장 회귀다,
보상금 지원이다 설레발을 떨어대니 판매가 뚝 떨어졌지요.
적자만 해도 그래요. 작년 11월 대비 환율이 120원이나 떨
어졌기 때문이예요. 보세요, 쏘나타 한 대에 환차손이 200만
원 이상 나요. 이런 때 무슨 대책이 있나요. 그저 조용히 참
고 지나가길 기다릴 수밖에."

"그래도 앉아서 당할 수 만은 없잖아. 무슨 대책을 강구해
보자고."

"대책이 무어가 있겠어요. 이건 불가항력이예요. 솔직히
말해서 홍 부장이 경영진에게 진실을 말해야 해요. 적자 감
수하고 당분간 견뎌보자. 그동안 벌어 쌓아논 것도 많잖아
요. 그거 다 어디 갔어요. 이런 때 쓰자고 번 것 아닙니까. 할
말은 해야 책임자 아닌가요?"

유 대리 그 말에 신참 직원 K가 부장 목도 하나 뿐일 거라
고 말해 잠시 헛웃음이 지나갔다. 그리고 모두들 제 목을 쓰
다듬어 하나임을 확인했다. 내가 일부러 큰 소리로 말했다.

"저는 내일 아들놈 24연발 총을 사줘야 하기 때문에 못 나
옵니다."

안 팀장은 아무 말이 없다. 우리는 죽고 말 것처럼 몇 군데
더 술집을 순회한 뒤에야 죽음 직전에서 가까스로 헤어졌다.

온 울분을 길 위에 눈물과 함께 내동댕이친 채.

심한 갈증에 눈을 떴다. 벌써 해가 중천에 걸려 있다. 머리가 깨질듯 쑤셔온다. 갖다준 물 한 컵을 달게 들이키는 나를 바라보며 아내는 키득키득 웃었다.

"왜 웃어?"

"멀쩡하네. 나는 당신 죽는 줄 알았어. 어제 밤 기억 못하지. 웬 술을 그렇게 마셨어. 완전히 인사불성이었어. 그런데 당신 술주정 늘었더라. 경비 아저씨 아니면 나 혼자는 감당할 수 가 없었어."

"그래 추태였나? 어떡하지 나 하나도 기억 못하는데……."

"응 많이. 아파트 현관 앞에서 문을 발로 차면서 고래고래 소릴 질렀어. '재인아! 재인아! 빨리 총 사러가자. 총 사서 모두 쏴 죽이자. 그래 모조리 다! 아빠 24연발 말고 36연발이 필요해. 야 아빠는 왜 미운 놈들이 이렇게 많이 생기는지 모르겠다.' 그렇게 소리, 소리 치고 현관문을 발로 차서 경비아저씨랑 같이 뜯어 말리느라고 혼났어. 동네 창피하기도 하고. 큰 일이야 당신. 점점 왜 그래?"

아내의 설명을 들어도 전연 기억이 나지 않는다. '블랙아웃' 이거 보통 문제가 아니다. 이런 일이 거의 없었는데. 요즘 몸이 예전 내 몸 같지가 않다.

"걱정 마. 회사 일이 좀 힘들어. 차츰 좋아질 거야. 그런데 오늘이 어린이 날 아니야. 애 총은 사줘야지. 약속은 약속이니까."

그때 침실 문을 열고 재인이 들어섰다. 우주총 모양의 기관총 하나를 들고 '다다다다 따를르 따르르' 녀석은 제법 그럴 듯한 거총 자세다. 그리고 준비한 듯 능숙하게 탄창을 갈아낀다. 레이져 불빛이 새어나오던 총구에서 '따쿵 따쿵' 연발 발사 소리가 요란하게 들린다.

"봤지 아빠. 이게 'XM08 라이플'이야 정말 멋있어. 내가 이젠 놈들을 모두 물리쳐야지. 짜식들 이젠 나하고 상대가 안 될 걸."

녀석은 기분이 아주 좋은가 보다. 어제 눈 비비며 약속을 조르던 놈 하고는 완전 다르다.

"어제 아버지 다녀 가셨어요. 어린이 날 선물 무얼 사줄까 하니 저거 갖고 싶데요. 어머니 하고 총은 안 된다고 그렇게 말렸는데 당신하고 똑 같아요. 남자들이란…… 애가 기가 죽으면 안 된다고 기어이 사주고 가셨어요. 상정이 핸드폰도……."

"왜 그랬어. 우리가 사준다고 얘기 하지. 노인네들이 무슨 돈이 있다고……."

"아니예요. 오히려 우릴 번거롭게 한다고 어버이 날 여행 가신데요. 올 것 없다고 그러셨어요."

"그래. 그냥 쳐다보고만 있었어. 알았어. 내가 전화드려 보지."

머리가 거의 깨질 지경으로 아프다. 노인들도 우리 사정

잘 모른다. 그게 다 짐이고 가슴 속 찌르는 바늘처럼 아플 줄
모른다. 겨우 찾아내 진통제 한 알을 입에 넣는다. 어떡하겠
나. 총 값은 갚아드려야지. 물론 알고 말았으니 여행경비까
지 보태서.

"좀 기다려요. 콩나물국 끓여요. 아예 점심으로 먹어야겠
네."

아내는 부지런히 부엌을 들랑거린다. 침대에 누워 목을 한
번 쓰다듬어 본다. 그렇지 아직 목이 붙어 있으니 이것도 작
은 행복이라면 행복이다.

"오늘 아이들이랑 점심 먹고 오후에 나와. 안 팀장."

이럴 때 카톡은 귀신이 따로 없다. 목구멍이 포도청이란
말이 실감난다. 콩나물국 냄새가 코를 타고 가슴을 후빈다.
얼른 먹고 정신차려 일어나야지. 총을 샀으니 어딘가 사냥감
을 찾아 나서야 하지 않겠나.

어른 울리는 어린이 날. 정말 푸르러 좋다. 그러나 제기랄!
언제까지나 이렇게 푸르러 있을지 누가 알겠어? ✗

아버지와 아들

나는 결코 후회하지 않는다. 그것은 자유 의지에 따른
나의 신념의 소산이었다. ─ 체 게바라

"뭐 카스트로, 게바라? 그래 그것들이 취직 시험에 나오
냐? 아니면 이 바쁜 시간에 그런 놈들을 뭐하러 연구해. 인
마 그 자식들 빨갱인줄 몰라 아주 골수 공산당이야. 게바라
는 카스트로 형제한테 사기당하고 평생 떠돌다 제 명에도 못
죽고 로드킬 된 개새끼처럼 객사한 인간이야. 완전 사기꾼
집단이지. 그런데 그런 놈들을 뭐하러 연구해. 야야, 그럴 시
간 있으면 훌륭하신 우리 안중근 의사님이나 연구해. 이 철
없는 젊은 것들아!"

또 시작이다. 남편은 이것을 토론이라고 말하지만, 이건
토론이 아니다.

명퇴를 앞둔 남편과 취업 준비생인 아들의 식탁 위 토론은
마치 시위 현장 같았다. 아들은 열렬한 시위대였고 아버지는
물대포와 방패로 무장한 전경처럼 언제나 강압적으로 막으

려 했다. 세월호 진상 규명이 그랬고, 통진당 해산 문제는 거의 주먹다짐에 가까이 갔다가 구십 먹은 시어머니와 내가 울면서 뜯어 말리고서야 겨우 멈췄다. 더욱이 지난번 노동법 개정 문제로 한 노조위원장의 조계사 피신 때는 아들은 아주 집을 비우고 며칠씩 현장에 가 있었는데, 이때 남편은 이자식 가출신고를 해야겠다고 펄펄 뛰는 통에 내가 정신을 잃고 병원에 실려 가기도 했다. 자식을 앉혀놓고 이 어미를 봐서 맘 좀 잡으라고 여러 번 애원도 해보고 그러려면 아주 나가서 살라고 위협도 해봤으나 '헬 조선'을 외치는 젊은 아들은 완강했다. 요 며칠 '체 게바라 연구 동아리'에서 카스트로 추모 행사에 다녀온 아들과 마주앉은 금요일 저녁 식탁. 남편은 또 토론을 핑계로 새로운 전단을 만들고 있다.

"그들은 빨갱이라기보다 혁명가라고 해야 맞죠. 그런데 아빤 왜 매번 그렇게 심한 욕을 하세요. 그들이 개같이 죽었다뇨."

"혁명가? 세상에 진정한 혁명이 어디 있냐. 항상 없는 놈 위한다고 개혁을 합네 혁명을 합네 하고 떠들어 대지만 다시 그 위에 군림하는 게 누군데? 독재자들의 항용 술법이지. 게바라 역시 마찬가지지. 카스트로랑 같이 혁명이랍시고 해놓고 보니 세상 일이 제 입맛대로 되나 결국 쫓겨난 거잖아. 제 나라 제 집에도 못가고 역마살 낀 놈처럼 사방팔방 떠돌아다니다가 어디서 죽었는지 개뿔 아무도 모른다며? 그게 개 죽음이지 그럼 뭐가 개 죽음이냐?"

"그래도 평생 신념 하나 갖고 산 사람들이잖아요. 힘 없는 사람들 위해 세상 한번 바꿔보겠다고. 그런 신념을 갖는 게 어디 쉬운 일인가요. 아빠 이 세상 살면서 그런 신념 한번 가져보신 적 있으세요?"

아이고! 마음이 조마조마하고 다리가 후들후들 떨렸다. 머잖아 커다란 폭풍이 몰아 칠 것만 같아 두려움이 엄습했다. 내가 일부러 목소리를 조금 높여 웃으며 끼어들었다.

"여보 이것 어때요? 냉이는 지금이 한창이라는데 조개도 싱싱해서 국맛이 괜찮아요. 해놓은 것은 먹고 합시다. 아들아, 너도 좀 먹어. 해 논 사람 성의도 생각해야지."

아들놈 옆구리를 몇 번이나 푹푹 찔렀으나 녀석은 막무가네다. 오늘은 아마 끝장을 볼 심산인가 걱정이 태산이다. 남편은 드디어 숟가락을 식탁 위에 획 내던졌다.

"신념? 그래 나는 너 같은 놈 먹여살리기 바빠서 그런 신념 못 가져 봤다. 야, 인마! 그러는 너는 무슨 신념 갖고 있는데? 너 설마 체 게바라니, 카스트로니 뭐니 해 가면서 종북단체 같은 데 기웃거리는 것은 아니겠지? 도대체 나라에서는 뭣들 하는지. 그런 놈들을 내버려두고 아까운 세금 쓰는지 몰라. 그렇게 북이 좋은 놈들은 몽땅 쓸어 보내버리면 될 텐데."

남편은 식탁에 얼굴을 처박고 있는 아들 머리를 끌어 올리더니 눈을 마주보며 내뱉었다.

"야, 인마 너 거기까지 가면 끝장이야! 그러면 너하고 나하고는 인연 끊어. 알지? 그리고 술 좀 작작 마시고 다녀. 비싼 돈 들여 영어학원 보내 줬더니 공산당이나 쫓아다니고 술친구나 만들어 술독에 빠지는 것이 그래 잘난 네 신념이냐?"

"글쎄 말입니다. 뭘 어떻게 하고 살아야 잘 사는 건지 저도 잘 모르겠습니다. 종북세력이라도 돼서 미칠 수 있으면 그것도 좋을 텐데. 저는 그런 용기도 신념도 없네요. 게바라는 젊어서는 신념을 버리느니 차라리 서서 죽으라 했는데 말입니다."

웬일인지 아들은 여느 때와 달랐다. 무언가가 가슴을 무겁게 내리누르고 있는 듯했다. 이런 아들을 본 적이 없었다. 혹시 아들을 놓치게 될지도 모른다는 불길한 예감이 스쳤다.

"근데 오늘은 왜 그 얘기는 안하세요. 젊었을 때 리어커 끈 얘기도 하시고 꼭두새벽부터 신문 돌린 얘기도 하셔야죠."

"이 자식, 너 정말 이럴 거야!"

남편의 손이 머리 위로 들려진 순간, 나도 모르게 식탁을 내리치며 벌떡 일어나 소리쳤다.

"그만 해, 그만 하라니까! 뭐야 이게 만나기만 하면 그저 싸움질이야. 둘 다 잘난 것 하나도 없어. 무어? 먹고 살기 바빠 신념따위 못 가졌다고. 당신이 그런 말할 자격 있어? 나는 당신 밑바닥까지 다 아는 사람이야. 아니 세상에 대한 불만을 왜 아들에게 분풀이하는 거야. 당신 이거 무지무지하게 비겁한 짓이야. 잘 되고 못 된 건 모두 당신 탓이야. 알아?"

마침내 눈물이 왈칵 쏟아지고 목이 메어왔다.

"잘 들어. 이 만큼 사는 것도 다 내 덕이야. 당신 알지? 새벽부터 밤 늦게까지 신발이 닳도록 뛰어다닌 게 누군지. 누군 입이 없어 말을 못 하는 줄 알아. 그래도 새끼들 남편 뜨

거운 밥 먹일려는 신념이라면 그런 신념 하나로 살았어. 당
신 밥 굶긴 적 있어? 쥐뿔도 잘 한 것 하나도 없는 것들이 맨
날 불평 불만이야. 알아둬! 오늘이 마지막이야. 당신, 너 또
싸우면 나도 이젠 지쳤어. 다 그만 두고 확 나가버릴 거야!"

들고 있던 행주를 식탁에 획 내던지고 안방 문을 꽝 닫고
들어가 이불 쓰고 누워버렸다.

식탁은 조용했다. 아침에 나왔을 때 식탁은 말끔히 치워져
있었고 덕택에 모처럼 편안한 주말을 보냈다.

월요일 남편은 일찍 퇴근해 왔다. 손에 검은 쇼핑백과 두
꺼운 책이 한 권 들려 있었다.

"나 오늘 조기 명퇴 신청했어. 오는 길에 경동시장에 들러
헛개나무를 사왔지. 정한 물에 푹 다려서 차게 해 마시면 10
년 묵은 술독도 빠진데. 녀석에게 먹여 봐."

담담한 표정이었다. 무어라고 위로의 말을 하려 했지만 엊
그제 일로 약간 서먹서먹했다.

"그런데 이 책은 뭐유?"

붉은 책표지에 예수 같은 얼굴이 하나 그려져 있었다.

"응, 명퇴하면 시간이 많을 것 같아 좀 읽어 보려고."

거실 탁자에 놓인 책은 『체 게바라 평전(장 코르미에 지음, 실
천문학사)』이라 적혀 있었다.

그러나 저러나 밤이 많이 깊었는데 아들은 아직도 돌아오
지 않고 있다. ✈

단식기술자

"들었어. 그 양반 한 달간 굶어보기도 했다는구먼."

"무슨 한 달간씩이나. 한 달이면 모두가 죽어. 안 그래? 너무 과장이 심한 걸 보니 무지랭이 아닐까."

"아니야. 그 양반 해병대 UDT요원으로 일했다는데 작전 중에는 물속에서 아무것도 먹지 않고 며칠씩 수중 폭파작전을 수행했었다잖아. 얼마나 많이 굶었던지 호호호…… 작전 끝나면 얼마 동안은 젓가락 쥐는 방법을 잊어버려 애를 먹은 적도 있었다지 아마……."

"그래 하긴. 생긴 걸 보니 장작개비처럼 삐쩍 마른 체구에 죽 한 그릇도 못 얻어먹은 몰골이던데…… 아마 그런 사람이 굶기는 잘 할거야. 그래도 우리를 대표하는 사람인데, 어디 허우대라도 좀 그럴 듯해야 되지 않겠어."

의견이 분분했다. 아파트 신임 대표 선출을 목전에 두고 어떤 자격 후보를 뽑아야 하는지 각각의 의견이 모두 달랐다. 평화시절과 달리 지금은 비상시국이기 때문이다. 우리를 위해 온 몸을 던져 희생해 줄 전문가가 절실한 그런 때였다.

좋은 시절 평화롭게 이끌어 오던 L대표가 갑자기 그만 두었다. 뭐, 따지고 보면 갑자기도 아니다. 밀고 당기기를 한 달은 했으니까. 그것도 아파트 바로 코 앞에 D건설 오피스텔 신축 가허가가 나왔다는 그 직후부터 일 것이다.

S시 광교동 H아파트. 20층 높이의 30평형 아파트 6동, 480세대가 작은 산을 등지고 자리해 햇빛도 맑고 공기도 좋아 모두가 부러워하는 고급 아파트 촌이었다. 더우기 중산층 천여 명이 사는 대단지이고 보면 행정적으로나 경제적으로 그리 쉽게 무시당할 규모는 아니었다. 난개발 S시에서, 그나마 여기 H아파트 만큼은 고지로 시야가 확보돼 멀리 광교호수가 보이는 전망까지도 수려했다.

그런데 금년 2월 전철이 개통되고 나서부터 사정이 바뀌었다. 그동안 숨죽여 왔던 부동산이 오피스텔 건설로 붐을 이뤘다. 그중 하나가 이 전망 좋던 H아파트 전면에 30층 높이의 오피스텔 2동이 들어서게 된다는 것이다. 물론 아파트 주민 모두가 집값 하락에다 조망권 침해가 분명해 허가에 강력 반발하고 들고 일어난 것은 당연한 일이었다. 아파트 벽면에 붉은 글씨로 '난개발 부축이는 S시장 물러가라' '도둑맞은 내 조망권 내 놔. 이 도둑놈들아!' 라고 써붙이고 항의했으나 한번 내준 허가는 돌이킬 수 없다고 S시장은 완강했다.

사법서사 출신 주민대표 L이 여러 번 시청을 방문하여 항의하고 지역 국회의원에게 민원 청탁도 수차례 하였으나 별 무소용이었다.

드디어 오피스텔 지라시 광고가 나돌고 곧 땅파기가 시작된다는 소문이 자자해지자 주민 모두는 잔뜩 긴장했다. 시도 때도 없이 오고 갈 공사트럭이며 현장에서 내뿜을 소음, 먼지 등을 예상할 때 도저히 가만히 있을 수가 없었다. 더우기 30층 높이로 가릴 조망권과 일조권은 아예 호수와 하늘을 송두리째 도둑 맞는 형국으로 그들에게는 사실 상상도 할 수 없는 대재앙이었다. 바로 주민 모두가 일어나 투쟁본부를 구성하고 대표를 중심으로 시위대를 편성하여 며칠간 시위도 벌려 보았으나 소득이 없었다. 오히려 한 수 더 떠서 곧 본인가가 나온다는 소문만 파다하였다. 이때 최후 수단으로 대의원들이 L대표의 단식투쟁을 권고하였으나 그는 일언지하에 거절하고 사표를 던져버렸다. 주민의 충정은 알겠으나 건강상 굶기는 불가능하다는 것이었다. 그는 대장암 수술 후 한창 요양 중이었다. 그래서 급기야 신임 대표 선출을 놓고 단식 전문가의 추대를 공공연하게 논의해야 할 지경에까지 이르고 말았다. 과연 단지내에서 우리가 찾는 단식 전문가를 만날 수는 있을 것인가?

"차렷! 대의원님께 경례."

그는 절도있는 동작으로 척 거수 경례를 했다. 우렁찬 구령과 훈련된 행동에 대의원 일동은 긴장했다. 총 대의원 15명 중 이런저런 핑계로 나오지 않는 2명을 빼고, 사표를 낸 전임 대표가 빠져 현재 12명 전원이 참석했다.

그는 완전한 군인 모습 그대로였다. 잘 다려진 얼룩무늬 전투복에 8각 모자를 쓰고 가슴 양쪽에는 ROKMC 라는 이니셜과 함께 붉은 명찰을 붙이고 있었다. 검은 '라이방' 차림이 위압감을 주었으나 절도있는 행동과 모습에서 군인의 투철한 사명감과 전투력이 생생하게 뿜어져 나와 한층 미더워 보였다.

"김치웁니다. 저 같은 사람을 찾는다는 말을 들었습니다. 대한민국 해병 청룡부대 출신으로 월남전에도 참전한 역전의 용사입니다. 물론 지금도 베트콩 같은 공산당과의 싸움을 고대하고 있습니다. 한번 크게 써 보시지요."

말을 마치고 그는 모자를 벗고 대의원 한 사람 한 사람 손을 잡고 악수했다. 무슨 유세랄 것도 없지만 잠시 국회의원 유세장 같은 분위기가 연출됐다. 조금 풀어진 분위기에 용기가 생겼는지 P 대의원이 얼른 질문 하나를 던졌다.

"아참 그렇지. 굶는 것에 경험이 많으시다고요. 혹시 며칠 간이나 굶어 보셨습니까?"

마지막 악수를 하던 그가 쿡하고 웃었다. 제복과 잘 어울리지도 않게 아주 작은 목소리로 그는 지나가는 말처럼 시큰둥 답했다.

"글쎄 그것이 꼭 얼마라고 말하기가 곤란합니다. 어떤 때

는 한끼도 굶기가 어렵고 또 제가 어렸을 적엔 365일 거의
매일 굶다시피 했으니까요."

그리고 그는 다시 엄숙한 얼굴로 일동을 돌아보며 다음 말
을 이었다.

"그러나 전쟁에서처럼 승리를 목적으로 굶어야 한다면 목
숨을 걸고라도 인내해야지요. 피차가 목숨을 걸고 하는 싸움
에서는 그냥 굶어서 죽을 수만은 없으니까요. 이뤄야 할 목
표와 지켜야 할 동지들이 있다면 그 얼마를 굶는다 해도 그
것으로 죽을 수는 없지 않겠습니까?"

모두가 그의 말에 숙연해지며 뜨거운 결의가 다져지는 듯
했다.

"그럼 김치우 씨. 우리 주민들을 위해 목숨 한번 걸어 보시
겠습니까?"

"예! 김치우 목숨을 바쳐 임무를 수행하겠습니다."

그의 목소리는 실내를 쩌렁쩌렁 울렸다. 여기저기서 환호
와 함께 박수가 터져 나오고.

그리하여 굶기 전문가 김치우가 우리의 투쟁 우두머리가
되었다.

잠시 후 그는 분위기를 확 바꿔 얼굴 가득 부드러운 웃음
을 지으며 낮은 목소리로 속삭이듯 대의원을 향해 요구 사항
을 말했다.

"이 일은 자칫 목숨이 위험할 수도 있는 어려운 임무입니
다. 어떻게 이 일을 그냥 맨입으로야 할 수 있겠습니까? 여

지껏 무료봉사로 한 적이 없습니다. 저는 이런 일을 위해 몸을 단련하고 많은 '노하우'를 쌓은 전문 기술자입니다. 잘 생각해 주셔야 합니다."

그는 무슨 비즈니스 가격 협상하듯 보수를 요구했다. 굶는 데 들어가는 보수라……?

이해할 수 있을 것도 같고 아닌 것도 같고 여하튼 좀 석연치는 안 했으나 원체 우리 상황이 다급했다. 그렇긴 할 것이다. 어찌 이런 일을 맨입으로야 할 수 있겠나. 또 지난번 대표처럼 거마비나 받고 하라는 것도 무리라면 무리일 것이다.

"그럼 얼마나 드리면……."

어렵게 되묻고는 모두 긴장감 속에서 그의 입을 주시했다. 기다렸다는 듯 그는 아무 꺼리낌 없이 술술 말했다.

"단식 중에는 1일 100만 원씩은 받아야 합니다. 제가 이 투쟁에서 결말을 보려면 한 20일 정도가 필요할 것 같습니다. 그러면 토탈 2000만 원은 생각해 주셔야 합니다. 물론 승리 후 돌아올 보상은 이것보다야 훨씬 많을 테니까요."

대의원 모두는 깊은 고민에 빠졌다. 어쩌다 일이 이 지경까지 되었는가. 지금 여기와서 그만두라고 할 수도 없고 여하튼 결론은 내야 하는 것이였지만 생각할수록 사안이 묘했다.

이것이 공개적으로 드러내놓고 말할 수 있는 사안이 못 된다는 것이었다. 우리편인 주민들끼리야 속닥속닥 할 수도 있겠으나 만일 이 사실이 적(시청, 시공사)에게 알려지면 정말 곤란한 일이 생길 수도 있으며 어쩌면 형사 처벌도 받을 수 있는 매우 엄중한 사안이라는 것이었다. 한동안 실내에 무거운 침묵이 흘렀다.

침묵이 흐르는 동안에도 김치우는 뒷켠에서 맨손체조로 몸을 풀기도 하고 기합을 넣으며 총검술 공대련도 하면서 시위하듯 몸단련을 하고 있었다. 어차피 그도 신경은 모두 이 결론에 집중될 것이였지만.

이윽고 우리는 오랜 숙의를 거쳐 그에게 역제안을 했다.

우선 착수금 조로 5일분 500만 원을 지급하고 계속 더 굶을 수 있다면 일일 100만 원씩 500만 원을 단식 경과 10일에 지급한다. 그러나 그 이상의 단식분 1000만 원은 성공 여부에 따라 지급하겠다고 제안했다. 1000만 원 정도까지는 쓸 수 있으나 그 이상은 성공과 연계하는 조건부로 하겠다는 생각하기 따라서는 다소 용렬하고 속이 환히 보이는 제안이었다.

그러나 그는 즉각 동의했다. 그리고 내주 월요일까지 자기 계좌에 500만 원을 입금할 것을 요구하고 입금과 동시에 행동에 옮길 것을 약속하였다.

12명 대의원은 그의 행동에 반신반의 하며 얼굴에 근심이 가득한 채로 관리소장을 불러 충당금 계정에서 500만 원을 빼 그의 계좌에 입금할 것을 지시하였다.

이제 서서히 전운이 감돌기 시작했다. 결국 전문기술자의 목숨을 담보로 일대투쟁이 시작되는 것이다.

　월요일, 그는 대의원들에게 5일 동안 시청 앞 데모를 부탁했다. 될 수 있으면 많이 모이고 격렬한 데모를 부탁했으나 생업에 바쁜 주민을 제외하면 다 모아봐야 겨우 백여 명에 불과했다. 백여 명이 대절 버스 2대에 나누어 타고 시청 정문 앞에 모여 플래카드를 흔들며 구호를 외치고 열열히 시위를 펼쳤다.

　"주민 민원 외면하는 S시장 물러가라!"

　"물러가라 물러가라 물러가라!"

　"일조권 훔쳐간 이 도둑놈들아! 태양빛 돌려주라! 돌려주라! 돌려주라!"

　스피커로 증폭된 구호 소리가 시끄럽고 꽹과리, 북소리가 소란스러워 행인들도 이 길을 피해 다른 길로 다녔으며 시위대가 도로를 점거해 그냥도 혼잡한 교통이 정말 말이 아니었다.

　다만 최소의 병력으로 더 큰 불상사를 막고 있는 경찰이 그나마 다행이라면 다행이었다.

　그런 와중에 김치우는 시청에 모습을 나타냈다. 그는 시위대에는 일체 눈길도 주지않고 아주 천천히 느린 걸음으로 시청문을 들어섰다. 처음 그를 본 시위대는 아연실색했다. 완전히 엊그제 보았던 그 군인 모습의 우리 대표가 아니었다. 그냥 보통 늙은이었다. 흰머리가 듬성듬성 난 머리칼이 흩어진 채 그대로, 무릎이 늘어진 불루진 바지에 운동화 차림 그대로, 어깨가 너무 커 마치 우비를 두른 것 같은 검은 잠바 차림 그대로 한가히 나타난 것이다. 저런 사람이었나. 끈적끈적거리던 근성과 배짱 그리고 하늘을 뚫을 것 같던 그 기백! 옛 해병으로 살아나 시청 사무실 책상을 완전 뒤엎어버릴 거란 생각은 정말 순진한 허상이었나.

실망이 너무 컸다. 그러나 어떡하겠나 이미 엎질러진 물인데 좀 더 두고 볼 수밖에.

그는 복도를 지나 건축과 사무실로 들어섰다. 문 가까이 있는 인턴 여직원에게 90도로 머리를 숙여 인사했다. 그리고 과장님을 뵙고 싶다고 말했다. 그의 태도가 너무 정중하여 어쩔줄 모르던 여직원은 쏜살같이 달려가 과장에게 알렸다. 누구인가 두리번거리는 과장을 보자마자 김치우는 사무실 바닥에 납작 엎드려 큰절을 올렸다. 깜짝 놀란 과장이 황급히 일으켜 세우려 했으나 그는 엎드린 채 소리쳤다.

"아이고 과장님! 진작 찾아 뵙고 인사를 드려야 했는데 이제야 뵙습니다. 저는 H아파트 신임 대표로 선출된 김치웁니다. 많은 지도편달을 부탁드립니다."

과장은 껄껄 웃었다. 그렇잖아도 지금 밖에서 떠드는 데모꾼들 때문에 골치가 아픈데 신임 대표가 이렇게 찾아와 넙죽 인사를 하는 것이 무엇인가 좋은 징조라고 생각했다.

"잘 오셨습니다. 축하합니다. 신임 대표가 되셨다구요. 이런 좋은 분이 대표가 되셨으니 앞으로 무슨 일이든 다 잘 될 것 같습니다."

"그럼요. 잘 되야지요. 그런데 왜들 저렇게 신경질적인지 모르겠습니다. 오죽 잘 알아서들 하셨겠습니까. 원 세상에!
이렇게 나랏일을 위해 애쓰시는 공무원들을 보면 절로 존경
심이 생깁니다. 무엇보다 나랏일이 제일 중하지요. 아마 진
의를 잘 몰라서 생긴 착각일 것입니다. 제가 잘 설득해 보겠
습니다."

"정말 고맙습니다. 그렇잖아도 시장님도 시행사도 고민이
아주 많습니다. 좋은 신임 대표를 만나 한시름 놓게 됐습니
다. 아시다시피 저희도 그동안 생각이 복잡했습니다. 사실
이해관계가 첨예할 때는 어느 편도 들기가 매우 어려우니까
요."

"어련 하시겠습니까. 설마 일방적으로 한쪽에 손해 보도록
이야 하시겠습니까. 잘 좀 부탁드립니다. 그리고 오늘 제가
과장님 얼굴을 봐서 시위대를 일단 물리도록 하겠습니다."

"감사합니다. 감사합니다. 김 대표님만 믿겠습니다."

사무실을 나온 김치우는 시청 앞 녹지에서 잠시 쉬고 있는
시위대에게 수고했다 이젠 돌아가도 좋다고 말했다. 앞으로
4일만 더 고생하자는 말도 잊지 않았다. 그리고 그는 한가로
이 몸단련을 위해 기공수련원으로 향했다.

과장은 즉시 시행사 이 전무에게 전화했다.

"이 봐요 이 전무. 이번 신임 대표는 무언가 말이 통할 것
같은데 한번 만나보고 잘 좀 해봐요. 왜들 이렇게 아둔해요.
골치 아픈 게 우린 이것 말고도 너무 많아요. 알았지요?"

이튿날도, 사흘 째 되던 날도 시위대는 꼭 그만큼 와서 그 시간만큼 떠들다 돌아갔다.

다만 날이 갈수록 시위가 격렬해져 일부는 민원실 업무를 방해하기도 하고 교통 혼잡도 점점 그 정도가 심해 갔다.

그 시각 시행사 이 전무는 신임 대표와 카페에 마주 앉아 있었다. 이 전무는 원숙한 50대로 건설업계에서 잔뼈가 굵은 베테랑 비즈니스 맨이었다. 이런 협상이나 거래에는 이골이 난 듯, 이쪽 요구 사항은 으레 알 것도 없다는 식으로 뭉개버리고. 이미 신임 대표의 순진함과 겸손을 약점으로 잡았는지 말이 완전 일방적이었다.

"축하합니다. 진작 화환이라도 보내드렸어야 했는데…… 소식이 너무 늦게 전해졌습니다. 인격적으로 훌륭한 분이 오셨다고 해서 정말 반갑습니다. 아시겠지만 저희는 지금 일정이 매우 급합니다. 빨리 본허가가 나야 규모도 정해지고 춥기 전에 분양 일정을 잡을 수 있습니다. 대표께서 꼭 좀 도와주셔야겠습니다."

"그러신가. 급하시겠네…… 그런데 우리 주민들은 금년에는 본인가가 나오지 말아야 한다고 저 난리들인데 어쩌지요?"

"아이고! 그러니 잘 부탁드린다는 것 아닙니까. 잘만 해 주시면 그 은혜는 잊지 않겠습니다. 물론 보상해 드려야지요. 세상에 국회의장 말씀대로 맨입으로 되는 것이 어디 있습니까?"

"보상은 어떻게 합니까? 오해 마시고 몰라서 묻는 것이니까."

"네, 대개 이런 일은 들어간 비용 일체에 약간의 정신적 보상이 플러스 되고. 아, 이게 궁금하시겠지만 원만히 처리해 준 분께는 별도로 조용히 사례를 하지요."

그는 '은밀히'라는 말 대신 '조용히'라고 말했다. 영특한 놈! 절대 만만한 상대가 아니다.

"그렇습니까? 들어간 일체의 비용이라 함은 항의와 데모에 쓴 돈 말입니까? 그게 얼마나 되겠어요. 뭐 버스비, 점심 값, 플래카드제작비, 통신비 이런 것들 말인가요. 그러면 없어진 조망권이나 잃어버린 햇볕 값은 어떻게 되나요?"

"허허. 그런 것은 네고하기 나름이지요. 어디 비용만으로 되겠습니까. 사안에 따라서는 그것에 2배 아니 5배도 드리기도 합니다. 보상금은 제외하고 말입니다. 저희도 해결만 된다면 비용의 5배까지도 지급할 용의가 있습니다. 그래봤자 망하는 것보다는 나을 것이니까요."

"5배라…… 알겠습니다. 걱정 마세요. 제가 중간에서 잘 설득해 보겠습니다. 급하시다니 빨리 서둘러야 하지 않겠습니까?"

그가 일어나 나가면서 손을 잡았을 때, 이 전무 그는 함박 웃음을 지으며 잘만 해 주시면 한몫 단단히 잡을 수도 있다고, 기대하셔도 좋다며 달콤한 유혹 남기기를 잊지 않았다.

나흘째 되던 날!

드디어 시위대는 시청 건물 유리창을 깨뜨리며 난입하는 등 매우 난폭해졌다.

김치우는 건축과장에게 귓속말로 말했다.

"이대로는 안 됩니다. 제가 저들에게 잘못하면 다친다고 내가 홀로 단식투쟁을 할 테니 시위를 그만 멈추라고 설득하겠습니다. 저를 한번 믿어보세요. 제게 옆방 회의실에 자리를 깔 수 있도록 해주세요. 보시다시피 저는 원체 몸이 허약해 이틀도 못갈 겁니다. 위 수술 후 아직 완전히 회복된 상태가 아닙니다. 금방 병원 신세를 져야 할지도 모르지요. 그냥 얼른 무거운 책임을 벗고 조용히 물러가 쉬고 싶습니다. 도와 주세요."

과장은 못 미더워 하였으나 매일 시끄러운 것보다는 조용한 것이 오히려 나을 듯하여 허락하고 그저 잠시라며 회의실 문을 스스로 열어주었다.

이제 기술자 김치우의 굶기 싸움이 적의 심장 한복판에서 시작되었다. ✹

엄니, 꽃구경 가유

─속, 단식기술자

거리의 데모는 이제 사라졌다. 대신 대표의 단식투쟁이 시
작되었다. 시장을 비롯한 건축과 직원들도 다행이라 여겼다.
일단 시끄럽지 않고 조용해졌으니까. 그러면서 그의 단식이
얼마나 가겠느냐고 속으로 웃었다. 저런 허약하고 늙은 몸으
로 이틀이라도 견디면 기적이라고 수근거렸다. 다만 병원에
실려가기 전 실신한다든지 만일이지만 죽기라도 한다면 큰
일이니 잠시만 수위들을 시켜 경비에 철저를 기하라고 당부
하였다.

그러나 김치우는 전문가였다. 그는 이런 싸움은 어차피 논
리나 타협으로 승패가 나지 않음을 너무나 잘 안다. 누가 어
떻게 전략적 우연과 대중적 감성을 적절히 이용, 이를 주도
하느냐에 승부가 걸려 있음을 여러 번 경험했다. 긴 싸움을
위한 편한 장소와 용구는 신념만큼이나 중요하다. 그의 준비

는 주도면밀했다.

우선 회의실 탁자와 의자를 치워 10평 이상의 공간을 확보하고 바닥에 스트로폴을 2중으로 깔아 냉기를 면하게 한 뒤 창문을 모두 가렸다. 이어 아들을 시켜 필요 도구를 운반하였다.

아들은 솜을 넣은 두꺼운 이불이며 작은 탁자 그리고 갈아입을 옷가지, 라디오와 손전등, 히터 등 작은 가전제품 일습을 패키지로 날라왔다. 책들도 챙겨왔는데 주로 성경, 찬송가 등 종교서적과 소설책이 눈에 띄었다. 역사소설 황인경의 『목민심서』와 조정래의 『풀꽃도 꽃이다』라는 신간도 보였다. 가져온 옷을 갈아입으며 김치우는 아들에게 몇마디 이른다.

"야, 여기는 성경, 찬송가 치우고 대신 불경이다."

"그래요 아버지. 바꿔 오지요. 불교가 많데요? 가까이 대원사가 있긴 하지만……."

"아니야 아니야. 시장이 절에 다닌단다. 바꿔와! 카세트도 몇 개 가져오고."

이런 경우는 흔치 않지만 마음 놓고 대적하기에는 같은 편이 훨씬 나았다. 상호 이해심도 생기고. 그러나 저러나 옷이 특별했다. 회색 개량 한복이었는데 허리를 묶는 띠가 폭이 넓은 검은색으로 마치 하늘에서 내려온 신선 같아 보였다. 이마에 흰 띠를 질끈 묶었다.

핏빛으로 '죽기 아니면 살기'라고 씌어진 글자가 선명했다.

그가 담요 위에 조용히 좌정했을 때 흰 머리띠와 흰 머리칼, 검은 허리띠, L자의 곧은 자세가 선경 속의 한 마리 학처럼 단아해 보였다. 등 뒤로 보이는 'H아파트 주민대표 단식돌입 D+0'이라는 구호만 없었다면 마치 어느 고즈넉한 암자의 선방처럼 아늑했다.

아들은 불경 몇 권과 생수 한 박스를 들고 돌아왔다. 이제 준비는 끝났다.

그는 물 한 잔을 입에 털어 넣는다. 앞으로 다가올 시간이 이 물처럼 목구멍을 타고 위장을 지나 대장을 지나 글쎄, 그렇게 공허하게 흘러가지만은 않을 것이라 다짐하면서.

이틀째 사흘째는 아무 일 없이 흘러갔다. 모두 바쁘기도 했지만 공무원들은 그의 존재를 잊은 듯했다. 만일 그가 병원에 실려갔다해도 사실 그를 기억하지 못 할 만큼 김치우는 존재감이 없었다. 그는 아예 없는 사람이었다. 그도 의도적으로 조용히 지냈다. 아무도 못 오게 했다. 고요함 속에서 그는 오직 그들의 방심한 순간만을 기다렸다.

나흘째, 그는 아직 쌩쌩하다. 잘 훈련된 그는 이 정도는 준비단계에 불과했다. 잠에서 일찍 깬 그는 회의실 이곳저곳을 청소했다. 그리고 준비된 금강경 카세트를 아주 낮은 볼륨으로 틀었다. 밀폐된 공간에 흐르는 독경소리. 간혹 들리는 목탁소리가 청아하다. 그는 길게 숨을 내쉰다. 다시 경 소리 속에 정신을 몰입해 본다. 서서히 조여오는 목 뒤의 통증이 굶기의 1차 증후군이다. 그는 이제 서서히 움직여야겠다고 생각했다.

그는 아들에게 내일부터 대의원들의 면회를 지시한다. 다만 조용히 다녀 갈 것. 그러나 올 때마다 격문 대자보 하나씩을 갖고 오도록 부탁한다.

5일째 P대의원이 찾아왔을 때, 그는 거의 눈을 뜨지도 못하고 벽에 기댄 채 대화에도 애를 먹고 있었다. 하루 사이에 무슨 일이 생긴 것일까. 대단한 기술자라더니. P는 뒷벽에 '주민 굶어 죽이는 살인마 S시장 물러가라' 쓴 대자보를 붙였다. 그러자 김치우는 실눈을 살짝 뜨며 '살인마'는 빼라고 손으로 가리키며 속삭였다. 아직 죽지 않았네, 살아 있어. 그는 눈을 끔쩍끔쩍 했다. 무슨 '허허실실'인가?

그날 그 외 대의원 7명이 면회했다. 등 뒤 벽이 온통 격문으로 메어졌다. 다만 광고사 PD 출신 K대의원만을 가장 마지막으로 지정해 부른 게 좀 수상했다면 수상했다.

금요일 저녁, 일이 늦어지며 건축과에 야근이 있었다. 으레 그런 것처럼 이번 주도 피자 파티가 열렸다. 모두들 시장끼를 느끼는 시간, 모처럼 국장이 한턱 내 피자와 치킨이 배달되고 맥주까지 곁들인 불금의 가장 즐거운 시간이 시작됐다. 잘 구어진 피자의 치즈 냄새와 치킨의 고소한 기름 냄새가 사무실을 넘어 복도로 김치우가 있는 회의실까지 피어 올라왔다. 이때 대의원 K는 김치우와 같이 있었다. 기술자지만 김치우도 그 냄새에는 견디기가 어려웠는지 온 몸을 부들부들 떨며 머리를 감싸 안았다. 김치우는 동영상 촬영을 부탁했다. K는 사무실 유리창을 통하여 먹고 마시고 떠드는 건축과의 즐거운 파티 모습을 소리와 함께 카메라에 담았다. 물론 김치우의 괴로운 모습은 좀 더 과장되어 찍혔음은 말할 필요도 없다. 그는 처음 할로우가 많은 K의 SNS를 주목했다. 그러나 전문가는 용의주도했다. K는 ID 노출이 불가능함을 직감했다. 적발될 우려가 있었다. 그는 S시청 홈 페이지를 직접 겨냥했다. 방심한 일요일 K는 무기명으로 댓글과 함께 동영상을 올렸다.

'인정머리 없는 깡패 집단'이라는 제목과 함께 피자며 통닭을 뜯으며 맥주잔을 들고 있는 직원들 사이로 '클로즈 업'된 건축과장의 활짝 벌린 입이 큼직한 피자 조각을 물고 있는 모습이었다. 그리고 바로 옆에서 벽에 기대어 눈을 감고 반쯤 죽어가고 있는 김치우의 처절한 모습이 좋은 대조를 이루고 있었다. 영상보다도 아무 거리낌 없이 왁자지껄 떠드는 그들의 환호 소리가 더욱 네티즌들의 분노를 샀다.

바로 옆에서 민원인의 목숨 건 굶기가 한창인데 희희덕대며 먹자 파티라니. 세상에 무슨 인정 머리가 이럴 수 있나! '국민을 개, 돼지로 보는 공무원이 아니면 이럴 수는 없다'라는 글이 눈길을 잡았다. K의 노력이었는지 더하여 '이런 놈들을 위하여 왜 세금을 내냐'는 등 댓글이 홈 페이지를 완전 도배했다. 그러나 S시는 휴일로 사태 파악이 전연 안된 듯 아무도 이 사실을 모르고 있었다.

월요일 아침, S시청은 발칵 뒤집혔다. 인터넷 정보에 능통한 종편들이 가만히 둘리 만무였다. 아침 출근길 요소요소에 TV 카메라가 설치되고 영문도 모르고 출근하던 시장은 벙어리가 된 채 기자들에게 둘러싸여 곤혹을 치러야 했다. 긴급 간부회의가 열리고 그제서야 콩 볶듯 보고서를 만들어 올리고 법석을 떨었으나 이미 시장 이하 간부들의 신뢰와 평판은 땅에 굴러 떨어진 뒤였다. 그러나 정치인 출신 시장은 감각이 남달랐다. 그는 즉시 사과했다.

건축과장을 직위해제 하고 국장을 징계위에 회부했다. 사안의 경중을 떠나 우선 소나기는 피하고 보자는 얕은 술수였으나 다른 도리가 없었다. 단식기술자가 던진 첫 파문이었다.

김치우는 카메라 후랫쉬가 터지고 수많은 기자들의 환시 속에서도 전문가다운 면모를 조금도 잃지 않았다. 그는 입을 꽉 다문 채 일체 말이 없었다. 초췌한 얼굴에 피곤함이 더하여 툭 튀어나온 광대뼈가 불빛에 더욱 빛났으나 눈빛은 여전하였다. 일주일을 굶은게 맞느냐는 기자의 의구심을 불러올 정도였다. 그는 기자들의 끈질긴 한마디 요구에 마지못해 무겁게 입을 열었다. 그의 목소리는 힘은 없었지만 쇳소리가 났다.

"나는 지금 공무원과 싸우는 것이 아닙니다. 그들은 법대로 했을지도 모릅니다. 나는 저 주체하지 못하는 부동산 업자들의 짐승 같은 욕심과 싸우고 있습니다. 질 수 없는 싸움입니다."

노련했다. 말할 필요없이 공무원 그들을 적으로 만들 아무 이유가 없었으며 부동산 업자의 욕심과의 싸움이 단식가치를 더욱 높여 줄 수 있다는 고도의 전략이었다. 종편은 신이 났다.

종일 평론가의 해설이 이어지고 부동산 업자의 욕심이 망국의 병이라고 떠들어 주었다.

단식 9일째 되던 날, 김치우는 대의원들과 약속한 보상금 500만 원의 지급을 요청하였다.

웬일인지 그는 그 돈을 공개적으로 받고 싶어 했다. 아무 주저가 없었다. 희생의 댓가로 떳떳한 보상이라는 생각이 확고한 듯 100만 원짜리 수표 5장이 들어있는 봉투를 열어 일일이 세어 확인한 후 아들에게 전했다. 그날 이후 소문은 급속도로 번져 나갔다. 그냥 단식을 하는게 아니고 보수를 받고 단식중이라는 소문이었다. 그러면서 소문은 10일 이후는 하루 500만 원씩인데 15일 이후는 1000만 원으로 계약되어 있다는 등 근거도 없는 루머가 나돌기 시작했다. 그의 단식 기술 가치는 날로 배가되었다.

열흘을 넘긴 김치우는 이제 벽에 기대기도 힘드는지 눕는 시간이 많아졌다.

시장은 알약 하나를 입에 넣었다. 며칠 전 시작된 두통이 오후 이맘 쯤에는 더욱 심해졌다.

그의 긴 한숨에 탁자 위 종이가 몇장 날아갔다. 비서실장 이 들어섰다.

"뭐래. 알아봤어?"

"네, 아니랍니다."

"뭐가 아니야. 그렇겠지 종북 푸락치나 통진당 잔존 세력 은 아닐 거야. 무슨 운동권이나 노조 나부랭이겠지."

"근데 그것도 아니라는데요."

"아니라고, 잘못 본 것 아니야. 이건 보통 선수가 아닌데. 프로야, 프로!"

"김치우는 해병전우회 A지역 지역장 출신으로 오히려 지 난번 농민 데모 때는 남모르게 진압지원팀에서 경찰을 돕기 도 했다는데요."

"뭐야. 그럼 미쳤나 왜 그런데……."

그는 차츰 심해오는 두통 때문인지 손으로 머리를 짚고 소 파에 눕듯이 쓰러졌다. 실장이 얼른 부축하면서 낮은 소리로 속삭였다.

"제가 아이들을 좀 모으겠습니다. 까짓 새벽에 단짝 들어 서 먼 병원에 안치하면 감쪽 같습니다. 아무도 모르게 하겠 습니다."

그의 얼굴이 붉어지고 숨소리도 커졌다.

"무슨 소리야. 누구 죽일 일 있어. 괜한 짓 하지마. 몰라?

그는 기술자야. 그냥 호락호락 당할 놈이 아니란 말야. 눈들
도 많고. 그리고 여긴 청사야. 혹시 다치거나 죽으면 누굴 잡
으려고 그래. 물대포 한번 잘못 쐈다가 저 고생하는 것 보지
도 못해. 조용히 해. 절대 건들지 마. 모두들 회의실 쪽엔 얼
씬도 말라 그래. 알았지?"

시장은 참기가 어려웠는지 이젠 아주 눈을 감은 채, 황망
한 얼굴로 지켜보는 실장에게 물었다.

"주민은 맞아?"

"네, 두 달 전에 이사와서 지금 아들과 둘이 산답니다."

"두 달 전에 아들과 둘이……."

"네, 부인은 가까운 도립병원 정신병동에 오랫동안 입원
중이랍니다."

잠시 침묵이 흘렀다. 실장은 손을 모으고 몹시 송구하다는
표정으로 시장을 보고 있었다. 시장이 갑자기 탁자를 탁 쳤
다. 그리고 벌떡 일어섰다. 작은 감탄사가 흘러나왔다.

"아! 그렇겠군. 그거 싫어하는 놈 있나. 이봐 이 실장! 이
거 좀 만들어 봐. 이왕이면 큰 것으로. 제깟놈이 어떡하겠어
더 많이 준다는데."

시장은 엄지와 검지로 동그라미를 만들어 보여주었다. 퉁
퉁한 실장의 입술에 묘한 웃음이 스치고 지나갔다. 그리고
쏜살같이 시장실을 빠져나갔다.

김치우는 오늘 단식 후 처음으로 목욕하고 옷을 갈아입었

다. 흰 적삼 바지에 검은 두루마기 차림이 됐다. 머리띠만 아니라면 그는 위대한 애국지사 같은 근엄한 모습이었다. 그는 침묵 속에서 정갈한 하루를 보내려 애를 썼다.

한밤중, 어둠이 내린 단식장에서 때아닌 해금 가락이 흘러나왔다. 그 소리는 청상의 울음같이 끊어졌다 이어지고 다시 가늘고 높게 치고 오르다가 숨이 차 툭 허망하게 가라앉는 흐느낌, 그것이었다. 김치우는 촛불 두 개가 켜져 있는 탁자 앞에 두 손을 모으고 섰다. 그리고 향에 불을 붙였다. 그는 벽에 붙여논 10자 신위 앞에서 죽은 어머니를 찾고 있었다. 굶어서 뼈만 앙상하게 남았던 어머니의 마지막 얼굴이 가물거렸다. 그는 탁자 위에 조용히 머리띠를 풀어 놓고 재배했다. 개문한 창에서 바람이 들어왔는지 촛불이 오래 흔들렸다. 오셨는가…… 어머니?

아들을 시켜 흰 대접에 백수를 가득 따르게 했다. 그는 공손히 두 손으로 받아 탁자 중앙에 올려 놓았다. 초헌이었다. 수면 위에 잠시 어머니의 쪽찐 뒷모습이 보였다 사라졌다.

재배 후 그는 아들과 나란히 꿇어앉았다. 그의 축문은 오히려 밋밋하게 들렸다. 이제 해금 소리는 잦아들었고 장사익의 쉰 목소리가 대신 울어주었다.

유세차. 신유 시월 십일 정해삭. 애자 치우 감소고우. 목이 메어 그가 작은 기침을 했다.

(엄니 제 등에 업혀서 꽃구경 가요. 꽃구경 가요…… 구성진 목소리가 흘러 나왔다.)

현비유인 경주최씨. 세서천역. 휘일부림. 후원감시. 호천 망극. 그는 자꾸 숨이 가빠졌다.

(등에 업힌 엄니 솔잎은 따서 왜 뿌린데유. 뭐하러 뿌린데 유. 장사익이 묻고 물었다.)

근이 청낙서수. 공신천헌. 상향. 그는 한참동안 고개를 들 지 못했다. 눈에 가득한 물기 때문이었다.

(아들아 아들아 너 혼자 돌아갈 때 길 잃고 헤맬까 걱정이 구나. 장사익은 울고 또 울었다)

입을 줄이기 위해 스스로 재촉해 꽃구경 따라나섰던 어머 니의 그 마음을 아는데 평생이 걸렸다. 소지(燒紙) 연기 속에 서 손 흔들고 돌아서는 어머니께 그는 진심으로 용서를 빌었 다.

이번이 마지막 굶기임을. 그리고 대접을 양손으로 들어 음 복했다. 한 방울도 남기지 않았다. 목구멍을 타고 내려가는 물소리가 울음소리 같았다. 그의 굶기의 샘은 어머니였다.

보름 넘게 뉴스 시간대를 점령하는 단식관련 뉴스는 이제 보지 않으려해도 꼭 보아야 하는 단골 프로가 되어버렸다. 그러다보니 생긴 사건이 '백수(白水)사건'이었다.

김치우는 "백산수"라는 생수를 좋아했다. 단식 중 먹는 생 수는 소금과 함께 가장 중요한 생명줄의 하나였다. 백두산을 수원으로 하는 '백산수'는 미네랄이 아주 풍부한 물일 거라 는 어느 의사의 해설이 결정적 이유가 되기도 했지만 핼쑥한 얼굴의 그가 목을 꺽으며 병채 들어 마시는 그 물은 이상하게도 아주 신비해 보이기까지 했다.

백수로 모시는 제사 모습이 TV를 탄 뒤 생수시장은 완전 뒤집어졌다. 그렇게 잘 팔리던 '삼다수'는 반품이 이어지고 그 자리를 '백산수'가 차지했는데 재고가 바닥나 긴급 수송 작전을 벌리기도 했다고 전해졌다. 그후 종편들은 그의 단식장 주변에 몰래 카메라를 설치하고 단식 소식을 24시간 모니터 한다고 법석을 떨었다. 이제 단식이 그의 목적하고는 아무 상관없이 일상적 시중 인기 프로로 변해가고 있었다. 모두의 고민이 점점 깊어지는 순간이기도 했다.

단식 20일이 넘은날,

시장은 몹시 초조해졌다. 아무 일도 할 수가 없었다. 김치우, 그의 생명은 큰 문제거리였다.

그는 이젠 끝내야겠다고 결심했다. 그는 모두가 퇴근하고 김치우가 잠자리에 들 시간쯤 단식장을 찾아왔다. 그는 옆자리에 앉아 오랫동안 말이 없었다. 긴 한숨을 쉬고 나서야 그는 어렵게 말을 꺼냈다.

"이제 그만 거두시지요. 할 만큼 하셨습니다. 오피스텔 신축허가는 재고해 보겠습니다."

그리고 그는 스르르 감겨진 김치우의 눈을 보았다. 김치우는 미동도 없다.

"건강을 해칠까 걱정됩니다. 죽으면 무슨 소용이겠습니까.

여기까지 오셨으면 정말 멀리 오신 겁니다. 너무 과한 것도 안 좋습니다.”

눈을 감고 있던 김치우의 눈자위가 살짝 움직이더니 어렵게 입이 열렸다.

“시장님은 불교도라면서요?”

그는 뜬금없이 물었다.

“그래요. 어려서부터 어머니 손에 이끌려 절에 다녔습니다.”

“그럼 혹시 ‘톡톡하면 탁탁한다’는 말 들어 보셨습니까?”

시장은 처음 듣는 말이었다. 그는 난생 처음 듣는다고 말했다. 김치우는 허리를 조금 들고 가까스로 벽에 기댔다. 말할 기운이 거의 없는 것 같았다.

“이 말은 ‘벽암록’ 주제로 가소가 쓴 소설에 나오는 얘기입니다.”

부화 욕심에만 매달려 궁둥이로 알을 까는 놈들은 ‘톡톡해야 탁탁한다’는 자연이치를 뭉게버리고 제 욕심에 탁탁거리다 병아리마저 죽인다는 말이라고 그는 어렵게 말했다. 시장은 스스로 물었다. 무슨 소리인가? 순리를 져버리지 말라는 조롱이며 훈계일 것이다.

“‘톡톡’ 할 날이 곧 옵니다. 이때다 하고 알았으면 놓치지 말고 ‘탁탁’ 하세요. 그때는 재고가 아니라 중지입니다.”

단식장을 나온 시장은 어디론가 전화를 걸었다.

"이봐, 준비 됐지. 그래 오늘 밤이 좋겠어. 더 가면 아마 그가 제 정신이 아닐지도 몰라. 앞 뒤 주변 잘 살펴서 이상없이 해. 그보다 아들을 노려봐. 그래 그래. 그 정도 선에서. 그리고 우리는 모르는 일이야. 이것만은 꼭 지키게 해. 알았지 그럼……"

자정이 넘어 잠이 막 들려는 순간 희미한 어둠 속에서 누가 그를 흔들어 깨웠다.

"주무십니까? D건설 이 전무입니다. 뭣 때문에 이 고생을 하십니까. 인생이 살면 얼마나 산다고 먹고 싶은 것 먹고 따뜻한 방에서 편히 자면 얼마나 좋습니까. 이젠 제가 발 벗고 나서기로 했습니다. 아시겠지만 공무원들은 별 도움이 안 돼요."

김치우는 듣고 있는 것 같지 않았다. 말도 없었다. 이 전무는 큰 봉투 하나를 얼른 자리 밑으로 밀어 넣었다. 그리고 주위를 살폈다.

"이건 우리의 성의입니다. 언젠가 말씀드렸지요. 비용의 5배까지도 보상할 수 있다고. 저희는 하루 천만 원씩으로 쳐드렸습니다. 이 쯤이면 굶으신 보람도 있으실 겁니다."

김치우는 고개를 내저었으나 어둠 속에서 잘 안 보였는지 이 전무는 한 마디 더 남기고 급히 떠나갔다.

"내일은 끝내 주셔야겠습니다. 시장님도 기다리십니다. 빌어먹을! 이럴 줄 알았으면 나도 굶는 기술이나 배워둘 걸. 이거 원 이런 수입이 어디 있나. 횡재지 횡재!"

그러나 이튿날, 김치우는 끝내기는 커녕 대자보 하나를 더 내걸었다.

"이정현 7일, 문재인 8일, DJ 13일, YS 23일. 김치우 드디어 기록에 도전."

오늘로 이미 DJ 기록을 넘어섰고, YS 기록을 넘어 한국 신기록에 도전한다는 그의 각오는 그동안 굶기 따위에 무관심하던 CNN, AP 등 외신들마져 큰 관심을 보이게 만들었다.

앞 다투어 S시청에 들이닥쳐 취재에 열을 올리고 그와의 인터뷰를 요청했으나 건강이 이젠 그럴 만하지 못했다. 대신하여 그의 아들이 물음에 응했는데, 물음은 단식의 목적이나 목표 따위는 아예 간 곳 없고 오직 언제까지 할 수 있느냐에 온 관심이 집중됐다. 또한 그가 해병대 출신으로 월남전 참전 용사라는 것이 그들의 묘한 흥미를 유발했는지 그의 전력(戰歷)을 요구하기도 했다. 그는 카메라 앞에서는 있는 힘을 다해 벽에 기대고 기록갱신의 의지를 보여주려 애썼으나 이젠 정말 힘이 부치는 듯했다.

이때 시청앞 광장에서 큰 함성이 울렸다. 그의 기록갱신을 성원하는 시민들이 운집, 그의 마지막 인내를 응원하고 있었다.

그는 누운 채 국민에게 드리는 메시지를 아들을 시켜 읽었다. 아들 목소리는 떨렸다.

"이렇게 많은 국민께서 성원을 보내주실 줄은 정말 몰랐습

니다. 진심으로 감사의 말씀을 올립니다. 저는 먹는 것보다
굶는 것이 더 쉬운 세월을 살아왔습니다. 그리고 무엇인가
신념이 있다면 더 큰 무엇을 위해 굶을 수도 있다고 배웠습
니다. 굶는 것은 미덕은 아닙니다. 그렇다고 범죄도 아닙니
다. 목적이 정의로우면 굶어서 죽을 수는 있어도 꺾일 수는
없습니다. 저는 오직 대의를 위해 먹지 않았을 뿐……."

　여기까지 낭독하는 순간, 누군가가 갑자기 아들이 들고 있
는 마이크를 나꿔챘다. 그리고 검은 잠바 여러 명이 들이닥
쳤다. 순간이었다. 그들은 수색영장을 제시하고 아들을 긴급
체포했다. 그들은 사정없이 김치우의 책상, 옷가지 심지어는
덮고 있는 이불 속까지 샅샅이 뒤졌다. 수사관 하나가 상관
인 듯한 사람에게 소리쳤다.

　"반장님 찾았습니다. 대봉투 속에 100만 원권 수표 100장
입니다. 자백대로입니다."

　그들은 아들의 헌옷 더미에 감추어 있던 보상금 1억을 찾
아냈다. D건설 이 전무가 놓고 간 것이었다. 아들은 돌려주
려 했다고 소리, 소리쳤으나 경찰은 그를 강제 연행했다.

　그밤 몰래 카메라에 찍혀 이 전무가 아침에 집에서 연행되
었다는 사실을 모른 게 실수였다.

　기록을 향해 가던 김치우는 혼자가 되었다. 그는 이 사실
을 아는지 모르는지 침묵했다. 오후에 수뢰교사 혐의로 시장
마저 연행되었다고 알려진 뒤에야 그는 어렵게 눈을 떴다.
그리고 비틀거리며 일어나 등 뒤에 붙어있는 'H아파트 주민

대표 단식돌입 D+22 자리에 23이라고 고쳐 쓰고나서 실신하였다. 23은 민주투사 YS 단식기록과 같은 기록이었다.

투쟁은 마침내 끝이 났다.

단식장도 말끔히 치워지고 빠르게 예전 모습으로 돌아갔다. 아무 것도 달라진 것이 없었다.

다만 여럿의 깊은 상처만 여기저기 남겨졌을 뿐.

승패와는 상관없이 D건설은 오피스텔 건설을 스스로 무기한 연기하였다. 어차피 건설사업 관계자가 모두 연행되어 사업이 더 이상 추진되기는 불가능했다. H아파트는 긴 논의 끝에 그에게 성공보수 천만 원을 지급했다. 또 그의 몸 추스르기가 빨라졌다. 그가 건강해지면 이사가려 한다는 몇 곳이 벌써 나돌기 시작했다. ✷

제3부

파란 마음 하얀 마음

너무 꽁꽁 묶지 마라

잠결에 무엇인가 번쩍 눈가를 스치고 지나간 뒤 낮은 음성이 뒤따라 들렸다

불편한 잠자리가 몇 번인가 자다 깨다를 반복하고 난 뒤라 정확히 알아들을 수는 없었으나 아버지 음성이 분명했다

부시시 일어나 어둠속에 동그마니 앉았다 점점 어둠에 익숙해지며 낮은 목소리가 한결 또렷이 들렸다

"애야 나다 나여 좀 내다보렴"

나는 조용히 내실 문을 열고 빈소로 나섰다

청량한 국화향이 자욱하고 아직도 꺼지지 않았는지 향내음이 코로 달려들었다

아버지는 국화속에 묻혀 그 높은 단 위에서 엄숙한 얼굴로

내려다보고 있었다

지친 얼굴에 피곤한 눈빛이 역력했다

"애야, 여기는 너무 높아. 이렇게 높은 곳은 처음이라 어지럽고 어쩐지 몸에 안 맞는 옷을 입은 것처럼 부자연스러워. 좀 내려가고 싶다."

나는 망설이다가 아버지 영정을 조심스럽게 들어 과일이 진설된 상청 위로 내려 세워 놓았다 한참 후 아버지 입에서 긴 한숨이 새어 나왔다

"그런데 애야, 죽으면 편할 줄 알았는데, 왜 이리 피곤하냐? 온 종일 그 많은 사람이 몰려와 내 앞에 엎드려 절을 하곤 하는데, 나는 이제 절 받기도 지쳤어. 내 평생 이렇게 많은 사람을 만난 것도 처음인데 말이다 아무리 둘러봐도 내 아는 사람은 하나도 없고 모두 생면부지의 초면들 뿐이니, 그래 이 많은 사람이 다 누구냐?"

제 친구들이랑 막내 회사 사람, 거래선 뭐 그런 사람들이요 신경 쓰실 것 없어요 그냥 편히 계세요 문안이다 생각하시고 저희도 이전에 많이 했으니 품앗이다 그리 생각하세요

"그런데 애야 왜 내 아는 사람은 하나도 보이지 않느냐?

떠나기 전 너의 고모 얼굴도 한번 보아야 하고 조카놈 얼굴
도 보아야 하는데 그리고 국헌이는 왜 코빼기도 안보여"

　대전 고모님은 몸이 아파 입원 중이시고 고종은 해외 출장
중이래요 아버지, 아시잖아요 국헌 아저씨 요양원 가신 지는
꽤 오래 됐어요 아마 내일쯤 외가집 조카들이 올거예요 좀
더 기다려 보시지요

　"야, 다 필요 없다 딴 사람은 올 것 없고 내 얼굴 아는 네
고모나 친구 국헌이나 불러와 그리고 이젠 좀 쉬자 그동안
얼마나 고달팠는데 아직도 이런 짐을 지우느냐 이제 어지간
이 했으면 이 애비 좀 놓아주거라 나 이제 정말 쉬고 싶다 그
리고 나 너무 꽁꽁 묶지 말아라 그동안 여기저기 꽁꽁 묶여
숨 조이고 산 세월이 얼마인데 그래 죽어서도 손 발 꽁꽁 묶
여 치매병원 가듯 그렇게 가야 쓰겠냐"

　다음날 입관식 때, 나는 장례사에게 칠성판 일곱 매듭 필
요 없고 입고 계신 그대로 입관해 주기를 부탁했다 그리고
당초 5일장을 3일장으로 줄여 장례를 모셨다
　다만, 대전으로 사람을 보내 고모님을 모시려 했으나 정신
이 온전치 못한 누이 얼굴을 아버지는 끝내 못 보고 떠나가
셨다 ✿

파란 마음 하얀 마음*

5월! 참 좋은 계절이다.

파란 하늘, 싱그러운 바람, 펄펄 날리는 꽃가루, 살살 춤추는 연초록 잎새.

그저 바라보는 것만으로도 좋기만 하다.

큰 불 났다. 삽시간에 아파트 울타리를 타고 예제없이 불이 붙어버렸다. 동시에 타는 것을 보아서는 방화는 아닌 듯한데 누가 질러버렸나 이건 실화가 분명하다.

시치미 뚝 떼고 천연덕스럽게 마당 한가운데 길게 누워있는 햇살이 수상하지만 누구면 어떠랴! 좋기만 한데. 아파트 중앙로 양쪽을 비롯하여 동과 동 사이, 현관 앞 정원들까지 온통 영산홍 불꽃으로 훨훨 타고 있다. 이런 불은 소방서에 신고 안해도 되나 몰라?

"여보 율하랑 아파트 중앙공원에 한번 가봐요. 오늘 주민 위안잔치가 열린데요. 애 엄마는 바빠서 못 온데요. 율하 꼭 데리고 가요. 얼마나 가고 싶어 하는지…… 나는 오늘 할 일이 너무 많아요."

"……."

"좀 가봐요. 이런 때는 주민들과 어울리는 것도 괜찮아요. 알고 지내면 좋아요. 모두 당신 보다 나은 사람들에요."

"당신이 언제 나보다 못 난 사람 보았어. 꼭 하는 말투가…… 알았어. 가지. 야, 율하야! 할아버지하고 함께 가보자."

L아파트 중앙공원.

분수대 옆에 하얀 차일이 세워지고 작은 무대도 보인다. 어린이, 어버이 날을 기념하는 주민 축제가 한창이다. 부녀회에서 마련한 축제는 아이와 노인이 한데 어울려 웃음소리가 그치지 않는다.

할머니 구연동화 낭독에 어린 아이들 웃음 속에 푹 빠지고. 늦게 배운 할아버지 색스폰 연주에 맞춰 손녀는 '오월은 푸르구나 우리들 세상'을 부른다. 그러다 흥이 돋았는지 할아버지는 슬그머니 '울고 넘는 박달재'로 넘어간다.

이곳저곳 할머니들의 박수소리와 합창소리가 울려퍼지고 언제 나타났는지 긴 월남치마의 웬 마나님 엉덩춤이 모두를 뒤집어지게 한다.

여기저기 배달된 치킨과 맥주, 잘 마른 김밥, 아이들 좋아하는 떡볶이며 순대 등 먹을 것, 마실 것이 풍성해서 모두가 희희낙락, 왁자지껄 얼굴들이 꽃처럼 활짝 폈다. 세상에 이처럼 아름다운 풍경이 또 있을까. 아이와 노인은 정말 잘 어울리는 영원한 예술적 소재다.

주민 잔치가 끝나갈 무렵, 사회자는 할아버지, 할머니와 손주들을 모두 모이게 했다. 나도 율하의 조름에 못이겨 맨 끝줄에 섰다. 그랬더니 손주와 같이 노래를 하란다. 그러면 상품을 주겠다고. 상품에 눈이 먼 율하는 막무가내로 나를 끌고 무대에 오른다. 엉겁결에 따라올라 손녀와 함께 '파란 마음 하얀 마음'을 노래했다. 반주 소리가 커 그런대로 잘 했는지 심사에 3등을 하여 율하는 예쁜 크레파스 한 통을 탔다. 율하가 좋아 어쩔 줄을 모른다.

사회자는 이제 휘나래를 선언한다. 그리고 마지막으로 풍선날리기를 한단다.

파란 풍선, 빨간 풍선, 하얀 풍선, 노랑 풍선을 나누어 주고 풍선에 그림을 그려보란다.

가장 기분 나쁜 마음, 화난 마음, 미운 마음, 그리고 슬픈 마음일 때 생각나는 것들을.

나는 하얀 풍선에 화가 잔뜩 난 마누라 얼굴을 그리고 율하는 매일 숙제 많이 내는 영어학원 선생님을 그렸다, 어떤 아이는 꼭 쥔 주먹도 그리고 야구 방망이도 그리고 어떤 이는 칼이며 총, 심지어 탱크까지 그렸다.

그러다 어디선가 '뻥' 하고 풍선 터지는 소리가 났지만 사회자는 껄껄 웃고 괜찮다고 말했다. 터지면 나쁜 마음들이 사라지는 것이라고. 그리고 일제히 구령에 맞춰 하나 둘 셋에 싫은 것들을 모두 하늘로 날려 보냈다.

나쁜 마음, 화난 마음, 미운 마음, 슬픈 마음들이 파란 하늘로 높이 높이 날아갔다.

돌아오는 길에 갑자기 시무룩한 율하가 물었다.

"근데 근데 할아버지. 화난 마음을 날려 보냈지만 어쩌지 또 화난 마음이 생기면?"

"걱정마. 화난 마음을 날려 보내면 이젠 이쁜 마음만 남는 거야. 이쁜 마음이 한참 지나면 또 화난 마음이 찾아오겠지만. 그래도 걱정할 것 없어. 또 한참을 참고 지내면 그 화난 마음도 사라져버릴 테니까."

무엇인가 알아들을만도 한데 율하는 아직 이해가 안가는 눈치다.

"율하야, 네 마음은 여러 마음들이 놀다 가는 놀이터 같은 거야. 어떤 때는 좋은 마음이, 또 어떤 때는 싫은 마음이 놀다 가고 그러면 자연히 또 다른 마음들도 찾아오지. 가만히 두면 자기들이 놀만큼 놀다가 저절로 가는 것이 마음이야. 그대로 두어. 모든 맘이 와서 실컷 놀다 가게. 시냇물처럼 그냥 흘러가게 두어 봐. 그러면서 조금씩 조금씩 새로운 마음들과 친해지는거야. 아주 친한 친구처럼."

이제야 율하는 뭘 좀 알아들었는지 얼굴이 한결 풀려 보인다.

율하와 나는 아까 불렀던 '파란 마음 하얀 마음'을 더 큰 소리로 함께 부르며 걸었다.

"할아버지 놀다 가는 마음들에도 색깔이 있는거지. 예쁜 마음엔 예쁜 색이, 미운 마음엔 미운 색이. 이 크레파스로 그 마음들을 색칠해 볼까?"

"그럼 그럼 그래라. 커가는 율하 놀이터에 여름에는 파란 마음이 찾아오고 겨울에는 분명 하얀 마음이 찾아올 거야. 얼마나 고은색이 되겠니. 율하 마음이 이렇게 맑고 이쁘니까."

며칠 후면 부처님 오신 날인데. 어떡할까?

율하에게 세상 마음 색깔을 쥐었다 폈다 하는 부처님 손바닥 구경이나 시켜줄까.

초파일 율하 데리고 광교산 대원사나 가봐야겠다.

그러고 저러고 매일 나를 구박만 하는 마누라 마음은 정말 무슨 색깔일까?

한참 있으면 변하기는 변할란가 몰라. ✤

*동요(어효선 작사, 한용희 작곡)에서 제목 차용

잡초를 위한 행진곡

"형님, 이렇게 해서 될 일이 아니예요. 이건 하나 둘도 아니고 그만 둡시다. 어디 다른 방법을 생각해 봅시다."

시작한 지 한 시간도 안돼 동생은 벌써 기진맥진 늘어져버렸다.

뿌리째 뽑아 들고 있던 망초와 갈퀴덩굴 한 묶음을 고랑으로 획 내던졌다.

"이 놈들은 원체 생명력이 강해요. 아마 잔디보다 몇 배는 더 강할 거예요. 그리고 끈질긴 근성이 있어요. 봐요, 키도 훨씬 크고 이 덩굴손은 벌써 봉분을 슬금슬금 감고 돌잖아요. 이런 식으로 손으로 뽑아 이놈들을 박멸한다는 것은 불가능해요. 형님, 괜한 고생 하지 맙시다."

동생은 변호사답게 매사가 논리적이다. 아버지 돌아가신 1주기를 앞두고 어버이날 동생과 온 성묘길이 잡초제거일이 되고 말았다. 봄으로 들어선 지 그저 두 달 정도인데 잘 다져 놓았던 산소가 이렇듯 무성한 잡초들로 엉망이 되어버리다 니. 입구에서부터 발목을 잡기 시작하여 산소 앞 상석 밑에 는 벌써 무릎까지 풀이 자랐다. 많은 돈 들여 만들어논 노란 금잔디는 찾아보기가 힘들 정도가 됐다. 벌초를 했던 작년에 는 짧게 깎아놓아 잘 몰라 보았던지 그런대로 상태가 괜찮았 는데 요 몇 주 사이에 잡초가 완전히 산소를 점령해버렸다.

"형님 이따 내려가다 병호 조카에게 부탁해 사람을 좀 사 서 잡초를 뽑게 합시다. 이거 어디 70먹은 늙은 형이랑 나 같은 백면서생이 할 일이 못 되는 것 같네요."

이른 더위와 땀에 지친 동생은 깔아논 비닐 방석에 털썩 주저앉아버린다.

5월 햇살이 제법 따갑다.

벌써 일 년인가. 아버지가 영원히 우리와 헤어져 이곳 남 포에 오신 지가.

세월이 참 빠르기도 하다. 그새 얼굴이 가물가물 벌써 잊 혀지려 한다.

봉분 자락에 등을 기대고 돌아앉아 있는 동생의 뒷모습을 바라본다. 그 휘어진 등 너머 파란 하늘에 흰구름 몇 점 떠가 고 눈 들면 저 멀리 남색 바다가 눈 속으로 들어온다.

비쩍 마른 동생의 등 위쪽으로 구불구불 말아 올라간 곱슬 머리가 유난하다.

아버지 곱슬머리가 생각나 봉분을 길게 한번 쓰다듬어 본다. 그러다 슬그머니 내 머리 위로 손을 올리면 손 끝 촉감으로 느껴지는 심한 곱슬곱슬이 피식 웃음을 만든다.

곱슬은 잡종 우성이지 아마?

뿌리째 뽑혀 여기저기 버려진 잡초들이 허연 배를 내놓고 비실비실 말라가고 있다.

그래 너희들은 어쩌다 그 독한 잡초가 됐는가. 머리결로만 따지면 고수머리는 잡초에 해당할지도 모른다. 우리가 잡초와 일족이라…….

산에서 내려와 바쁜 농사철이라 시간이 없다는 조카를 붙들고 산소 얘기를 했다.

"일 할 사람을 찾아 봐. 한 사람 갖고는 안 될 거야. 몇 사람 사서 잡초를 좀 뽑아야겠다. 그냥 베어서는 안 돼고 뿌리째 뽑아야 해. 그래야 다시는 안 날 것이여. 그것들이 큰 돈들여 심어놨던 석축 틈 철쭉이며 영산홍도 모두 다 죽여버렸어. 이러다 산소 결딴나겠다. 독한 놈들이여…… 섣불리 해서는 안 될걸."

"아저씨, 요즘 농촌은 일할 사람 없어요. 그리고 그런 일 안하려 해요. 어디 해야 할 일이 지천인데 누가 그런 일 하겠어요. 요새 그런 일 하면 욕만 먹어요. 일단 알았어요. 그냥 두시고 올라 가세요. 제가 급한 불 먼저 끄고 대책을 한번 생각해 보지요."

조카는 나를 아무 물정도 모르는 한심한 늙은이 쯤으로 여기는 눈치다.

동생이 눈치빠르게 가진 현금을 다 털었는지 봉투 하나를
얼른 조카 허리에 찔러주었다.

올라오는 차속에서 언젠가 들었던 잡초 얘기를 동생에게
했다.

"야, 아우야! 너 이런 얘기 들어봤냐. K교수가 그러든데.
식물학자들은 엄밀한 의미에서는 잡초는 없는 것이라는 말.
밀밭에 벼가 나면 잡초이고, 보리밭에 밀이나면 잡초가 되는
것이라는 말 말이다."

"맞는 말 일거예요. 산삼도 원래는 잡초였대지요 아마. 제
가 필요한 곳, 제가 있어야 할 곳에 있으면 산삼이 되고 뻗어
야 할 곳이 아닌데 다리 길게 뻗고 뭉개면 잡초가 되지 않겠
어요. 형님, 요즘 그런 잡초들 많아요. 하하, 보리밭에 난 밀
처럼 제자리를 가지지 못해 뽑히고 버려지는 잡초가 얼마나
많겠어요. 또 그런 잡초 같은 삶이 세상살이긴 하지만요."

동생은 조금 시니컬하게 웃었다.

차창 밖으로 지고 있는 붉은 석양이 동생 얼굴에 짙은 그
림자를 만들고 지나갔다.

산삼이라도 잡초가 될 수 있고, 보잘 것 없는 '들풀'이라도
귀하게 쓰일 수만 있다면 산삼이 되는 인생!

어쩌면 이것이 또, 한 세상을 사는 묘미 아닐까 그런 생각
이 문득 들었다.

며칠 후 조카에게서 전화가 왔다.

사람은 도저히 구할 수 없고 그냥 놔두면 더욱 잡초가 기성을 부릴 것 같아 부득이 약을 써봐야 되겠다고. 뿌리까지 제거 하려면 제법 독한 제초제를 써야 하는데 비가 오는 날이나 바람 많이 부는 6월을 피해 지금이 적기란다. 좋다고 그리 하라고 그리고 우선 먼저 일을 처리하고 비용이 나오면 나중 송금해 주겠다고 일러주었다.

아름다운 자질을 갖고 있을지도 모르는데 그런 '들풀'을 내 이득을 위해 독약을 써서 죽인다는 것이 어딘가 잔인한 듯하여 씁쓸했다. 한번 약을 치면 물론 잡초만 죽지만 그 자리는 3년 동안은 잔디도 다시 날 수 없다고 했다. 아주 씨를 말리는 것이라고.

그 밤 내내 악몽에 시달렸다. 몸에 하얀 약가루로 범벅을 하고 땅을 딩굴며 울부짖는 잡초들의 비명소리에.

그리고 독약을 써서 죽이는 어딘에선가 보았던 기막힌 환영들도 스쳐 지나갔다. 머리에 손을 얹고 줄을 지어 독가스실로 걸어가던 유태인들의 그 처연한 모습이, 우리 이웃 누군가도 옷이 벗기고 손이 묶인 채 어디론가 끌려가 약 먹은 잡초처럼 하얗게 죽어가던 어느 5월의 포연 속 모습들이. 강아지풀들이, 돼지쑥들이, 망초들이, 갈퀴 덩굴손들이, 엉겅퀴들이, 여뀌나 토끼풀들이, 쇠비듬, 쇠비늘들이, 그리고 이름도 모르는 잡종들이, 밀밭의 산삼들이……

조용히 깨어나 그들의 명복을 빈다. 잘 가거라 잡초야! 가서 그 초록 영혼은 하늘에 맡기고 지친 백골은 푸른 잔디에 고요히 스며들게 해다오.

내 아버지가 편히 쉴 누런 황금빛 궁전, 그 영원한 평화를 위하여. ✶

어떤 귀래歸來*에 대하여

내가 고모의 부음을 들은 것은 늦은 아침 10시 경이었다.

모처럼 한가한 토요일 아침. 늦은 잠을 자고 일어나 신문도 보고 커피도 마신 뒤였다.

우연히 열어 본 문자판에 언뜻 보아서는 알아보기 힘든 부고가 하나 있었다.

'알림. 오상우 회원 모친상. 빈소 대전 유성 선병원 일반 2호실. 발인 월요일 09시. 장지 대전시 비례동 선영.'

오상우? 그때서야 퍼뜩 머리에 떠오르는 고종사촌 이름이었다. 얘가 왜 이러지?

당연히 돌아가시기 전 전화했어야 했고 아니면 돌아가시자마자 알려주었어야 했다.

많이 야속하고 민망한 심정이었다. 그러나 생각해 보니 그럴 만한 무슨 이유가 있을지도 모른다는 생각이 들었다. 저나 나나 요즈음 사는 것이 다 그렇지 않은가. 어쩌면 저희 피붙이 사형제 연락해서 모이는데도 힘이 들었을 것이다. 하물며 나같은 외갓집 조카쯤이야.

그저 제 직장 친구들 부고에 묻혀 그나마 잊지 않고 전해준 것만으로도 고마워 해야 하는 세상인 것을. 이런저런 생각에 입맛이 씁쓸했다.

그러다 갑자기 고모, 고모 하고 불러보니 목이 잠겨온다. 작년 돌아가시기 전 아버지가 그렇게 보고 싶어 하던 막내 누이 아닌가. 그때도 고모에게 연락은 됐지만 거동이 불편하다고 오지 못하셨다. 그렇다면 그새 한번이라도 찾아갔어야 했는데…… 요양병원 입원 중이라는 말을 듣고도 찾아가지 못한 내 불찰과 게으름에 가슴을 쳤다.

나와 막내 고모는 다른 사람과는 좀 달랐다. 나이 차이라 해도 십여 년밖에 나지않는 어찌보면 삼촌과 조카가 한 마당에서 자란다는 옛말이 있는 것처럼(내 생각이지만) 같이 자란 고모였다. 최소한 내가 고모의 처녀시절이나 족두리 쓰고 혼인하던 우리집 감나무 밑 마당에서의 잔치 광경이 아직도 눈에 선한 그런 초동 고모였다.

가난한 교사 남편에 어려운 살림하느라 젊음을 신고(辛苦)로 보낸 고모였고 평생 변변한 나들이나 구경 한번 해본 적이 없는 고모였다. 남편의 근무지를 따라 충청도 구석구석을 안 살아본 데가 없었으며 그러다 아이들 커 교육 때문에 늦게 정착한 곳이 대처 대전이었으니 대전은 그녀의 시집이었다.

어려운 살림에 아들 사형제. 딸 하나 없는 그 아들 넷을 위해 안 해본 것이 없는 고모였다.

어떤 때는 친정 큰 오빠인 우리 아버지에게 어렵게 손을 내민 적도 있었다고 어머니는 말씀하셨으나 도와주었는지 어쨌는지는 알 수가 없다. 다만 우리집 사정도 내가 아는 한 누구를 도와줄 만한 그런 형편은 못 되는 것이었으니까.

고모부를 먼저 떠나보냈지만 그래도 늙어서는 네 아들 그만큼 키웠으니 노년은 좋을 거라고 어머니는 늘 시누이를 부러워했다. 네 아들 모두를 대학 가르쳐 장가 보내고 출가해 주는 것이 어디 그리 쉬운 일이겠는가, 어머니 입에 붙은 칭찬이었다.

안동 37℃ 대구 36℃. 무척 덥다.

토요일 대전행 고속도로는 휴가 차량으로 만원이었다. 펄펄 끓는 아스팔트를 4시간이나 달려서야 겨우 대전에 닿을 수 있었다. 선병원을 찾아 들어서니 휴가철 대낮이라 한산했다.

영안실 복도에 즐비하게 서 있는 화환 숲을 지나 빈소에 들어섰을 때, 높이 걸려있는 고모의 영정에 눈이 머물며 아침처럼 또 목이 메어왔다. 눈물이 핑 돌았다. 살짝 웃고 있는 모습이었으나 고모는 너무 늙고 초췌해 보였다. 하긴 이미 80이 넘었으니…… 어허 세월이 어떻게 이렇게 되어버렸나.

70먹은 조카가 무릎 꿇고 재배했다. 알아는 보시는가……?
살아계실 적 한번이라도 찾아 뵈었어야 했는데, 왜 이렇게
사나. 몰려오는 후회와 부끄로움이 가슴을 후려쳤다. 엎드린
채 목놓아 울고 싶은 심정이었다.

뒤따라 온 사촌들이 내 슬퍼하는 모습이 안타까웠는지 오
히려 나를 위로했다.

"형님 제가 일찍 연락했어야 했는데 모두가 일에 바쁘고
길도 멀어 연락이 늦었습니다."

"그래도 돌아가시기 전에 한번 뵈었어야 했는데. 사람 도
리를 못하는 것 같아 후회스럽다. 편찮으시다는 말을 들었을
때 꼭 시간을 냈어야 했는데……."

"네, 가끔 정신이 돌아오실 때는 외숙모 안부와 형님 안부
를 묻곤 하셨습니다."

"그렇지 작년인가, 아니 벌써 재작년인가. 내가 고모님과
전화 통화를 한 것이. 다리가 불편해서 병원에 입원해 있다
고. 걷지 못해 불편하기는 해도 네 아버지와 달리 정신은 멀
쩡하다고. 그리고는 긴 한숨과 함께 가서 오빠를 꼭 봐야 하
는데 하는데 하면서 흐느끼시던…… 아버지 잘 모시라고 여
러번 당부하시던 고모였는데……."

"관절이 부러져 수술하신 후 일어나지 못하시고 그 뒤 치
매까지 와서 작년부터 요양원에 계셨습니다. 벌써 일년이 넘
었네요."

아들 넷이 그런대로 잘 자라 대기업 부장도 되고, 치과의

사도 되고, 약사도 됐으니 네 고모는 아파도 무슨 걱정이겠
냐고 하시던 어머니 말씀이 생각난다. 셋째는 제 아버지 가
업을 쫓아 교사가 되었다고. 네 고모는 그래도 성공한 것이
라고 '고진감래여 고진감래여' 하시던 어머니에게 전해주지
못한 것이 있었다. 네 놈 모두가 일가를 이뤄 살더니 병든 어
머니 모실 놈이 없어 네 집을 순서를 정해 한 달씩 돌아가며
전전하고 계시다는 소식을 들었으나 나는 차마 어머니에게
그 말을 전하지 못했다. 만일 어머니가 그 말을 들었으면 '나
쁜 놈들 저들이 어떻게 컷는데 그런 놈들은 사람도 아니다'
라는 불호령이 떨어졌을 것이 틀림없다.

많이 편찮으셨느냐? 돌아가실 때는 편안 하셨느냐? 임종
들은 했고? 뭐 남기신 말씀은 없었느냐? 그렇게라도 죄스러
움을 감춰보려 요것저것 자세히 물었으나 큰 놈은 편안히 돌
아가셨다는 말만 들려주었을 뿐 더 이상 말이 없었다. 휴가
철이라 문상객도 별로 없고 하필 주말이 끼여 올 사람도 못
오는 것 같단다. 군대 간 장손자와 이미 휴가중으로 제주에
간 막내는 오늘 중 온다니 이걸 이해하여야 하나 어쩌나 분
간이 서질 않았다.

바쁠 테니 모두들 가서 일들 보라 하고 우두커니 앉아 있
기도 싫어 밖으로 나왔다. 주차장 모퉁이 끽연실에서 문상
와 잠시 담배를 피우고 있던 재종아우를 우연히 만났다. 그
는 대전에 살아 고모도 가끔 보고 찾아오시기도 했었다고.

그런데 이렇게 일찍 돌아가실 줄은 정말 몰랐다고 안타까워했다. 그러면서 아들 넷이 있지만 한 놈은 서울, 한 놈은 부산, 한 놈은 청양 그리고 셋째가 대전 사는데 그래도 건강하실 때는 괜찮았는데 다리가 아파 걷지 못하실 때는 며느리 누구도 집에 모시기를 꺼려했다고, 그래서 할 수 없이 요양원에 가 계셨던 거라고 일러주었다.

그리고 어쩌다 아들들이 찾아가면 정신이 좀 맑은 날에는 "애야 이제 집에 가자. 집에 가고 싶다." 그 말만 자주 하셨다고. 재종은 내게 한번 생각해 보라고 고모가 가 있을만한 집이 어디 있느냐고. 그리고 그는 마지막 유언처럼 돌아가시기 몇 시간 전, 그 혼미한 정신 속에서도 무슨 슬픈 주문처럼 "집으로 가자. 집으로 가자."고 외치셨다는 것이다.

그렇지 집으로 가야지. 그래 어디가 집인가. 피땀으로 키운 네 자식들의 집이 집인가. 이제 와서 여섯 자도 되지 않는 내 몸 잠시 누일 집이 그래 하나도 없단 말인가!

집은 어릴적 아련한 가족사가 올올히 새겨진 추억의 공간이기에 이처럼 듣기만 해도 눈물이 솟아나는 것이다. 집은 낡은 기둥과 서까래로 지어진 그냥 건축물이 아니다. 집은 나와 내 남편의 뼈와 근육으로, 그리고 가족의 사랑으로 만들어낸 내 영혼의 본향, 어머니 자궁 같은 생명의 샘, 바로 그 곳일 터이다.

불쌍한 영혼이 누구에게도 무엇에게도 방해받지 않고 편안히 쉴 수 있는 곳, 그런 영원한 어머니 품 같은 곳, 그런 집이 정녕 이 세상엔 하나도 없었다는 것인가.

귀래! 온 집으로 다시 돌아간다는.

현실에는 없지만, 내 고모는 자신이 가고 싶어 했던 그 꿈의 집으로 진정 돌아가고 싶었던 것일게다. 자식도 누구도 같이 할 수 없는 그 외로운 영혼만이 돌아가 쉴 집, 그 왔던 집으로 얼마나 가고 싶었으면 죽음 앞에서 그리 소리쳤겠는가.

"애야 귀래! 귀래! 또 다시 귀래."

돌아오는 길. 확트인 고속도로.

밤 하늘에는 무수한 별들이 반짝이고 그 중 제일 희미한 별 하나가 내 차 앞으로 획 다가왔다가 멀리 사라져갔다. 집 없이 떠돌던 내 고모의 고독했던 영혼처럼.

그러나 아마 이맘쯤에는 새집 대문에 도착해 누군가의 반가운 마중을 받고 있겠지만……. ✱

*歸來(귀래): 죽음이 아니라 떠났던 곳으로 다시 돌아옴. 노자의 무위자연 사상에서 유래. 격조 높은 문장으로 그려낸 도연명의 **歸去來辭**가 유명함.

꽃 떨어지면 잎 다시 피어나고

우리 모두 오고 가는 이 세상은
시작도 끝도 본시 없는 법!
묻는들 어느 누가 대답할 수 있으리오
어디에서 왔으며 어디로 가는가를.
　　　—「오마르 카이얌」의 『루바이야트』에서

꽃이 활짝 피었습니다.

하늘이 온통 흰 빛입니다. 그러나 사실 피어 있는 시간은
순간입니다.

며칠이나 됐나 바람 몇 번에 비 한번 내리니 꽃은 지고 맙
니다. 축축하게 젖은 길 위에 떨어져 누운 꽃잎이 마냥 애처
러워 보입니다.

날리는 눈발처럼 나부끼며 떨어지는 꽃잎. 이건 누군가가
말한 자연의 소멸입니까? 아니면 스스로 택한 옥쇄(玉碎)입
니까? 바람에도 지고 빗물에도 지고 그리고 시간에도 도저
히 이길 수 없는 싸움이라면 이건 허무보다 오히려 예정된
절망입니다.

L아파트 중앙로 넓은 길. 눈처럼 흰 꽃터널이 만들어졌습

니다.

멀리 꽃잎을 헤치고 작은 유모차 하나가 언덕길을 오르고 있습니다. 점점 가까워 오는 유모차. 활처럼 휜 등. 실금 투성이 얼굴. 가는 손잡이를 움켜진 손목의 앙상함이 금방이라도 꺾어질 것 같아 불안, 불안합니다. 한발 한발 옮겨 놓기가 천금같이 무겁습니다. 세월이 내려앉은 흰 머리에 부스스 떨어진 꽃잎 몇 개가 위태롭게 매달려 있습니다. 몰아쉬는 숨소리가 길에 누운 꽃잎들을 일으켜 세웁니다. 밀어 올리기도 힘겨운 삶의 무게. 시간이 바퀴에 걸려 느리게 흐르고 있습니다.

꽃잎 날리는 나무그늘에 또 하나의 유모차가 보입니다. 젊은 엄마는 열심히 사진을 찍고 있습니다. 젊은 엄마의 유모차에는 아이의 웃음꽃으로 가득 합니다.

엄마의 한껏 부풀은 가슴이 움직일 때마다 탐스런 꽃가지처럼 흔들립니다. 눈꽃이 아가의 유모차 지붕 위에 하얗게 내려앉았습니다. 꽃잎을 쓸어내고 젊은 엄마는 서서히 큰 길을 내려가기 시작합니다. 흔들림 없이, 소리 없이, 스르르 구르는 유모차 바퀴. 꽃잎이 바퀴살 예쁜 무늬를 만들어 냅니다.

눈꽃 터널 속으로 유모차 둘이 양쪽에서 다가옵니다. 드디어 두 유모차가 조우합니다. 오며 가며 한 점으로 마주친 두 유모차. 마침 허리 굽은 노인과 젊은 엄마가 마주한 교차점으로 큰 바람이 지나갑니다. 한 차례 소나기같이 날리는 꽃잎. 금방 이쁜 그림이 스러져 흩어집니다.

"아이고! 이쁘기도 해라. 백일은 지났는가?"

"예, 한 열흘쯤 전에요. 그러니까 세상에 온 지 벌써 백열흘이 됐네요"

"그려 그려. 웃는데, 웃어. 그놈 참 예쁘게 생겼다. 공주님이신가……?"

"네, 딸이예요."

"그렇구면. 얼마나 좋으시겠나. 잘 키우시게…… 좋은 세상이 올란가 몰라."

실룩실룩 입가 근육을 움직여 웃어보려 애를 써도 아이는 도리도리 고개만 흔들고. 뼈가 울퉁불퉁 티어나온 손등으로 움켜잡은 빈 유모차 위에 젖은 꽃잎이 엉겨붙어 말라가고 있습니다. 그 속에 조용히 들어앉아 졸고 있는 달걀 한 판, 푸른 파 한 단.

노인과 아이. 유모차 둘이 떨어지는 꽃비 속에서 낡은 '슬로비디오' 영상처럼 천천히 교차합니다. 하나는 오르고 하나는 내려가고. 그 벌어진 틈 사이로 다시 흘러드는 시간. 그 시간은 또 예정된 절망을 만들어 낼 것입니다.

그렇지만 세상은 꽃 떨어지면 잎 다시 피어 날 것이고…… 교차된 유모차는 떨어지면 떨어진 대로, 피어나면 피어난 대로 어디론가 긴 여행을 떠날 것입니다.

― 벌써 꽃 떨어진 자리 새 잎들이 파릇파릇 나고 있습니다. ✤

조냉장자문 弔冷藏子文*

유세차 모년모일에 백수 모씨는 두어 자 글로써 냉장자에게 고하노니 인간의 일 가운데 제일 중요한 것이 먹고 사는 일인데 신선한 먹거리를 주는 너를 감히 세상 사람이 하찮게 여기는 일이 비일비재라 안타깝고 안타깝도다

너는 한낱 물건이나 이렇듯 슬퍼함은 우리의 인연이 남과 다름이라

오호통재라! 아깝고 불쌍하다

너를 얻어 같이 지낸 지가 어언 이십 년 어이 인정이 그렇지 아니하리요

슬프다 눈물을 잠깐 거두고 심신을 겨우 진정하여 너의 행장과 나의 회포를 총총히 적어 영결코자 하노라

너의 이름은 메이택이고 미국이 고향이라

1997년 3월 생이니 올해로 벌써 20살이 됐다

너와의 인연은 20년 전으로 거슬러 올라간다

우리가 미국 근무를 마친 귀국길 그때만 해도 덩치가 크고 두 손으로 활짝 여는 냉장고가 귀하던 시절 우리의 기쁨과 함께 이삿짐 속에 합류했다

지금 생각하면 좀 부끄러운 얘기지만 꼭 네가 필요해서보다도 나도 이런 것 가질 수 있다는 속된 자존심과 허영심이 어쩌면 너를 만나게 했을지도 모를 일이다

어떻든 너는 우리와의 인연으로 난생 처음 답답한 콘테이너 속에 갇혀 한 달간의 긴 여행 끝에 서울에 왔고 우리와 함께 먹고 자는 한가족이 되었다

이후 너는 서울생활에 잘 적응했고 몇 번의 이사에도 별 문제없이 익숙한 몸놀림과 근면 성실함으로 책임을 다 해 주었다

다만 한 번의 큰 수술이 있었는데 전기 볼테지가 달라 목숨을 건 승압수술이 있었고 외상은 별로 없었으나 간혹 혈관 장애 등으로 전등이 꺼져 교체하는 등 소소한 병치레는 몇 차례 더 있었으나 크게는 별 이상이 없었다

네가 처음 서울에 왔을 때는 아이들도 대학가기 전이고 제사다 생일이다 대소사가 모두 우리 차지라 너는 거의 쉴틈없이 일해야 했다

아침 점심 저녁 간식거리에 시도 때도 없이 여닫는 문 빽

빽이 들어찬 행사자료에……

그래도 너는 단 한 번도 불평하거나 원망도 없이 묵묵히 제 몫을 다해 주었다

돌아 보건데, 큰애 함들어오는 날은 며칠 동안이나 많은 손님을 위한 음식 장만, 마실 것 보관을 위해 제 능력에 벅찬 일들로 힘에 부친듯 했으나 온 정성을 다해 한 점 실수 없이 잘 해주어 대사를 무사히 마칠 수 있었다

그리고 언제인가 새벽 2시에 걸려온 둘째 아이 하바드대 입학허가 소식에 우리 부부가 감격에 젖어 눈물만 흘리고 있을 때, 너는 네 품속에 오래 간직하고 있던 알맞은 온도의 샴페인을 꺼내 부끄러운듯 내어놓아 우리를 감동시킨 일은 지금도 잊을 수 없는 너와의 최고 순간이었다

그 후 큰애가 손녀를 낳아 우리집에 있게 될 때, 어린 아이를 위한 우유, 이유식, 간식, 각종 약 그 많고 복잡한 것들을 제 어미처럼 한 점 오차없이 잘 챙겨주어 덕택에 손녀는 벌써 7살이 되었다

그러나 어쩌랴!

가는 세월을 누가 막을 수 있나

그런 너도 20년의 긴 세월을 견디지 못하고 심신이 늙어 시름시름 앓기 시작했다

한밤중 신음소리를 크게 내기도 하고 가끔은 신열에 시달

리기도 하더니 기어이 식은땀으로 앉은 자리가 홍건이 젖어
버렸다

아내는 너의 한쪽 팔을 붙잡고 쓰다듬으며 옛일이 회상되
는듯 눈시울을 붉히며 안타까워했으나 어쩌겠는가 우린 또
살아야겠으니 너를 떠나 보내기로 하고 가장 최신식의 새 것
을 구입하기로 했다

네가 떠나던 날,

마지막까지 보관하고 있던 북경 여행중 샀던 추억이 깃든
우황청심환이며 사돈이 선물한 홍삼정, 나를 위한 안약, 손
녀의 비상약, 각종 영양제 비타민 등 끝까지 소중히 간직했
던 모든 것을 아무말 없이 다 내어 놓고는 너는 묵묵히 고개
숙인 채 눈물을 감추고 일꾼들 손에 이끌려 찬 가을비 속으
로 떠나갔다

2주 후 너에게서 기별이 왔다

너의 몸 값으로 4십만 원을 찾아가란다

마침내 목이 메이더니 눈물이 왈칵 났다

제 몸 돌보지 않고 가장 어려웠던 시절 우리를 위해 20년
을 함께하더니 최후에는 제 몸까지 스스로 내놓아 보은하는
이제 늙어버린 너!

내어다 버린 네가 우리를 위해 이렇게까지 할 수 있나

어느 자식이 어느 동기가 이렇게까지 할 수 있겠나

오호통재라!

강물 같은 세월에 인생 늙어감을 감히 누구가 막아낼건가

누굴 한하며 누굴 원하리요

그 지극한 정성과 능란한 재질을 나의 힘으로는 어찌 다시 바라리요

늠름한 외형은 눈속에 삼삼하고 특별한 품재는 심회를 삭막하게 한다

네 비록 물건이나 무심치 아니하면 후세에 다시 만나 평생 동거지정을 다시 이어 백년고락 일시생사를 나와 함께 하기 바라노라

오호애재라 자식같은 냉장자여!

상향 ✶

*조선 순조때 유씨(兪氏)부인이 바늘을 의인화하여 제문(祭文)형식으로 쓴 조침문(弔針文) 참조

혼자 김장 담그는 남자

한 달에 한번 수담(手談)이라도 나누자고
만나는 바둑 모임에 단 한번도 빠지지 않던
그가 이 달엔 보이지 않았다.

어디 아픈가?

얼마 후 다른 점심 모임에서 그를 만났다.
지난번 바둑 모임 얘기를 했더니 그는 뜻밖에도
김장 담그느라 못 갔다고 대답했다.

남자가 무슨 김장을?

아내를 도와주었나보다 생각하다가 그의 아내는

이미 2년 전 위암으로 세상을 뜬 사실이 떠올랐다.

모임이 끝나 지하철역까지 같이 걸어가면서 그는 내게 김장 담근 얘기를 들려주었다.

김장철이 되고 날씨가 추어지더니 며칠간 꿈속에 죽은 아내가 찾아와 "김장 담가야 하는데 더 춥기 전 김장을 담가 아이들도 나눠 주어야 하는데" 하고 몹시 걱정을 하더란다. 하도 걱정이 심하기에 까짓 남자지만 난들 못 하겠나 싶어 "그래 내가 김장 담가 줄 테니 걱정 그만하고 돌아가 잘 쉬어라."고 얘기했단다.

그랬더니 책장 어디엔가 노트가 하나 있는데 그것을 보고 김장을 담그라고 알려주더란다.

말대로 책장 이곳저곳을 뒤져 찾아보니 누렇게 낡은 아내의 여고적 가사수업 노트 속에 낯익은 글씨로 김장 담그는 '레시피'가 적혀 있었단다.

아무래도 배추 사다 절일 능력은 될 것같지 않아 괴산의 절임배추 30kg를 주문하고 크지 않은 단단한 무 10개를 들여놓고 갓도 향이 좋고 크지 않은 것으로 마련하고 통영산 참굴도 중간 것으로 사들이고 새우젓도 강화도 산으로 준비하고 대파며 마늘이며 고추가루도 넉넉히 장만하고 단맛이 덜한 배도 몇 개 준비하여 본격적으로 김장을 시작했단다.

무를 잘라 채로 썰고 갓을 씻어 크지 않게 자르고 파도 가지런히 다듬어 놓고 마늘은 절구에 찧어 큰 커피병만큼 준비하고 굴이며 새우젓 등을 아내의 노트를 보며 양을 조절하고 고추가루와 소금으로 간을 맞추며 준비된 재료를 버무려 양념을 만들었단다.

그리고 거실 한쪽에 신문지를 깔고 양념을 배추 속에 버무려 넣으면서 곁에 앉아 있는 듯 아내에게 말을 걸기도 했단다.

"여보 어때 제법 간이 삼삼하지 한번 맛봐 어쩜 당신이 만든 것보다 더 맛있는 것 같다."

아내가 한 입 먹어 보더니

"정말이에요. 나보다 당신이 살림하는 것이 나을 걸 그랬어요 그랬으면 어쩌면 내가 일찍 당신 곁을 떠나지 않았을지도 모르는데."

그렇게 잘 버무려진 김치를 금방 먹을 것과 오래 두고 먹을 것을 김치통에 나누어 담고 투명 플라스틱통에 큰딸 작은딸네 줄 것을 나누어 담아 각각 이름표를 달아 놓으니 그 성취감과 대견스러움에 잠시는 무척 행복해지더란다.

그런데 이게 어찌된 일인가.

양념통을 정리하다 보니 큰 커피병에 담긴 다진 마늘이 뚜껑도 열리지 않은 채 그대로 있는 게 아닌가.

아뿔사! 마늘 없는 김치를 만든 것이다.

마늘없는 김치 맛은 어떤 것일까 망설이다가 그는 김치통과 플라스틱통을 모두 풀어 버무렸던 배추잎들 사이사이에 다진 마늘을 다시 버무려 넣었단다.

그랬더니 마늘의 매운 맛이 눈에 들어갔는지 눈가에 물기가 어려 앞도 흐려지고 고추 때문인지 목도 메이더란다.

그날밤,

베란다 한쪽에 손수 담근 김치통과 딸들에게 줄 플라스틱통을 가지런히 놓고 아내에게 보고 가라고 편지 한 장 써놓고 잤더니 정말로 오랜만에 깊고 평안한 잠을 잘 수 있었다고 흐뭇해 했다.

지하철역 계단 앞에서 인사 겸 딸들이 무척 좋아했겠다고 덕담을 했더니 그는 허허로운 웃음을 지으며 벌써 보름이 지났는데도 아버지가 괜한 일을 했다며 아버지 김치가 오죽이나 하겠냐고 오지도 가지도 않는단다. 지하철 계단을 느린 걸음으로 내려가는 그의 축 쳐진 어깨를 향해 내가 크게 소리쳤다.

"여보게 그 김치 나도 한 포기 얻어 먹을 수 있나." ✦

성수기盛需期

"허어, 조금만 더 기다려줘요. 이제 곧 성수기가 와요. 벌써 낙엽도 떨어져 딩굴고 이렇게 추적추적 찬비도 내리고 있지 않아요. 보세요! 이 비 그치면 바로 성수깁니다."

대표는 잘 아는 경찰이 소개해줘 오랜만에 행려병사한 시신 하나를 염습했다고 고무장갑을 벗으며 뒷모습으로 낄낄 웃었다. 손을 씻는 그의 세면대 거울에 깊게 음영이 드리워진 깡마른 얼굴 하나가 비쳐 보였다. 영화 속 〈드라큐라〉 백작처럼 흰 얼굴에 유난히 눈썹이 검고 높은 광대뼈 그늘이 얼굴 전체를 덮고 있어 어두운 인상이었다.

어디선가 향 타는 냄새가 신경을 몹시 거슬렸다.

"더운 날에는 노인들이 잘 안 죽어요. 우리는 여름이 비수기예요. 가을 지나 추운 겨울이 돼야 이 업종은 살아납니다.

아실 테지만 이제 서서히 살아날 겁니다. 여러 조짐들이 아
주 좋아요."

"그래도 이건 좀 심하지 않습니까. 벌써 180일. 자그만치
반 년째 이자도 못내고 있어요. 연체되면 바로 압류하는 것
이 은행 규칙인데 우리는 지금 대표님을 최대로 봐드리고 있
는 겁니다. 그래 그냥 기다리는 것 말고 무슨 다른 방법이 있
긴 한 건가요?"

불쑥 짜증부터 나왔다. 오늘 아침 지점장이 부실여신 감축
이 영업점 주요 업적평가 항목인데 이렇게 손 놓고 있을 거
냐고 힐난하는 바람에 정말 오기 싫은 걸음을 했다. 비오는
날 장례식장이란 누구나 찾아오고 싶지 않은 곳 아닌가.

그가 처음 대출을 해달라고 은행을 찾아왔을 때, 그동안
속을 푹푹 썩이던 예식장을 접고 이제 장례식장을 만들어야
겠다며 자못 확신에 차 약간은 흥분돼 있었다. 결혼이야 안
할 수 있어도 죽지는 않을 수 없으니 이 사업은 틀림없을 거
라고 배짱좋게 시설개선비 10억을 요구했다.

이곳 마곡지역 인구가 16만인데 개발계획이 순조로우면
곧 40만쯤은 될 것이고, 그 중 20% 정도 노인 인구라 치면
2-3%만 죽는다해도 매년 2천 명 이상인데 이곳은 큰 종합
병원도 없으니 시장 점유율 2할만 된다면 년 400명으로 충
분히 수지가 맞는다고 열열히 주장했다. 그런 그를 가까스로
설득하여 시설비와 광고비을 일부 줄이기로 하고 건물을 담

보로 7억을 대출했다. 그러나 그의 예상은 곧 빗나갔다.

'자유업'이 된 장례업종이라 이곳저곳 경쟁업체가 뛰어들어 그냥도 죽는 사람이 별로 없어 어려운 장례식장 영업이 갈수록 말이 아니게 됐다.

"한때 우리가 바가지도 씌우고 불친절하다고 말이 많았지만 그래도 작년 겨울에는 30건 이상을 했어요. 무슨 장사가 돼야 이자도 내고 원금도 갚을 수 있을 것 아니오. 요즘 경제가 어려워 결혼들도 않지만 노인들이 잘 죽지도 않아요. 복지다 건강보험이다 뭐 이런 것들이 이 업종을 완전 불황으로 만들어버렸습니다. 죽을 사람은 죽게 내버려 두어야 순리일 텐데…… 그래 그렇게 안 죽으면 나라 돈이 오히려 더 들지 않겠어요. 왜들 그걸 모르는지 모르겠어요.

지난해는 세월호로, 올 여름은 메르스로 잠깐 경기가 반짝 사는가 했는데 복도 없지. 이마저 일찍 시들어 버렸어요. 그러나 무슨 수가 있겠죠. 조금만 더 기다려 봐요. 설마 산 입에 거미줄이야 치겠어요.

환절기 지나 날씨가 꽁꽁 얼어 붙으면 틀림없이 좋은 일이 있을 거예요. 노인들은 추위에 약해요. 올해는 비가 안 와 심한 물 부족도 온다, 미세먼지다, 황사다, 군영사고다, 의료사고다, 조짐이 괜찮지 않아요? 또 겨울에는 낙상 사고도, 가습기 사고도 제법 많고 제 스스로 세상 버리고 죽는 이까지도 많으니 우리 한번 기대해 봅시다.

아! 그런데 바로 그 암이 문제예요. 얼마전까지도 불치다, 한번 걸리면 죽는다 그랬는데 이제 치사율이 겨우 10% 미만 이래요. 이런 쓸데없는 곳에 연구비다 개발비다 잔뜩 퍼부어 갖고 이래서야 어디 우리 같은 사람 밥먹고 살겠어요. 정말 큰 일이예요.

그래도 좀 가능성이 있어 보이는 게 북한 애들이예요. 핵 실험이다 미사일이다 뭐다 하는 것 보면. 보셨지! 그 김정남 죽이는 거. 참 쉽게도 죽이데. 이 업도 아마 통일되면 대박 날라나 몰라. 젠장,

옛날엔 연탄가스 사고도 많고 버스니 기차 사고도 제법 많 았는데 이제 이런 것 보기 어렵게 됐어요. 좋은 시절 다 가버 렸지. 쯔쯧쯧……

그러나 이제 성수기예요. 우리라고 왜 한번쯤 호경기가 없 겠어요. 이왕 기다렸으니 조금만, 조금만 더 기다려 봅시다."

대표의 얼굴엔 성수기 기대감에 젖어서인지 눈자위 끝이 게슴치레 내려와 잠깐동안 감기기까지 했다.

이걸 믿어야 하나……?

창 밖 차거운 빗속에서 가진 것 다 벗어주고 바들바들 떨 고 있는 감나무 몇 그루.

그 가지 끝에 힘없이 매달려 젖고 있는 마른 잎새가 눈에 들어온다. 늙은이의 쭈그러진 목줄기 같이 바람에 흔들거렸 다.

벨소리가 들렸다. 그가 벌떡 일어나 전화를 들고 얼굴이 벌게서 고함쳤다.

"뭐라구! 어머니가. 뭐해 빨리 119 불러. 그리고 시내 큰 병원으로 모셔. 그래 곧 갈게. 절대 돌아 가시게 하면 안 돼. 지금 돈이 문제야. 무엇이든 다 하라고 해. 알았지!"

대표는 인사도 없이 총알같이 사무실을 뛰쳐 나갔다. 달려 가는 그의 어깨 너머로 늦가을 비구름이 새까맣게 몰려들고 있었다. 이 비가 그치려면 아직 한참은 멀어 보였다. ✱

이별 연습

　그러니까 그것은 순전히, 내 입장에서만 보면 아무 생각없이 던진 말이었다. 그동안 아내와 나 사이에 여러가지 불만이 있을 수 있었을 것이며 무엇인가 수많은 감정적 굴곡들이 쌓여 왔을 거라는 짐작은 하지만 맹세컨대 이날은 무슨 감정이나 의도를 갖고 한 말이 정녕 아니었다.

　첫 눈이 흩날리던 이날 저녁, 파김치가 되어 늦게 돌아온 퇴근길. 지친 몸에 극도의 시장끼를 느끼며 도착한 집. 반갑게 문을 열고 들어섰을 때, 자욱한 연기 속에서 비린내가 코끝으로 마구 달겨들고 실내에는 검은 끄름 같은 것이 먼지처럼 둥둥 떠다니고 있을 때, 그때 내가 던진 이 몇 마디는 내 의식과는 아무 상관없는 일종의 본능적 분노 같은 것이었다.

　"무어야 이게. 또 고등어 굽지? 당신은 어째 고등어를 굽는 것밖에 못 해. 바보 천치야, 이게 다 암 일으키는 발암성

미세먼지고 이산화탄소라는 말 들어보지도 못했어. 무엇을 못해서 멀쩡한 남편 암 걸려 죽게 하려고 그래. 이봐 이건 살인 행위야. 좀 연구를 해 봐. 맨날 같은 짓만 하지 말고. 제발 이제 다른 것도 좀 먹어보자. 얼마나 좋아 찬바람 불면 국물 생각도 나는데 잘 생긴 무 크게 썰어 깔고 갖은 양념에 물 조금 붇고 자작하게 조려내면 끄름도 없고 냄새도 좋고. 안 그래, 안 그러냐고⋯⋯?

집에 처박혀 놓고 있는 여편네가 생각하는 게 어떻게든 제 식구 뭘 좀 잘 먹여 볼까 이런 생각은 않고 그저 하기 쉬운 간 고등어 척 석쇠에 올려 성의없이 내놓으면 그래 그것이 퍽이나 잘하는 짓이냐 이 말이야. 어엉!"

내뱉고 보니 다소 과한 듯했으나 나로서는 전연 악의없는 선의의 충고였다. 갑작스러움에 아내는 한동안 정신이 나갔는지 못 들은 척 했다. 얼마인가 아마 수십 초쯤 뒤일 것이다. 입술이 바르르 떨리더니 바로 날카로운 도끼눈에서 레이저 광선이 뿜어나와 내 얼굴을 마구 쏘아댔다. 그리고 벼락 같은 소리와 함께 들고 있던 생선 뒤집기 놋숟갈을 부엌 바닥에 내동댕이쳤다. 숟가락이 공처럼 튀어올랐다가 저 멀리서 부르르 떨며 나가 떨어졌다.

"뭐야! 좋아. 그럼 당신이 해먹어. 당신이 직접 해먹어 보란 말이야. 개뿔 집안 일은 손끝 하나 대지 않는 주제에 뭐라구 남편 일찍 죽이려고 고등어 굽는다고⋯⋯ 말이면 다 말인 줄 알아. 어디다 그런 주둥일 함부로 놀려. 살인행위라고. 미쳤어 정말.

당신 정신 똑똑이 차려. 그러다 정말 늦게 지지리 고생할 지도 몰라. 이봐 뭘 알기나 해. 굽기는 인류 최초의 요리법이야. 프로메데우스가 불을 넘겨주었을 때 제일 먼저 해먹은 요리가 이 방법이야. 직화구이는 재료에 직접 열을 가해서 화학적 물리적 변화을 일으켜 가장 맛이 좋다는 세계적 궁극의 요리법이야, 이 무식쟁이야!

무식하면 무식한대로 가만히 있어 그러면 중간은 가지. 프리온을 제외한 모든 단백질은 일정 수치 이상의 온도와 시간을 넘으면 경화를 넘어 탄화해버려. 그 탄화만 피하면 되는 거야.

당신 같은 무식쟁이는 오히려 이런 구은 고등어를 더 많이 먹어야 해. 군 것엔 머리가 좋아지는 DHA가 풍부하니까.

제발 많이 먹으려고 노력해 봐. 그래야 머리가 그나마 좀 좋아지지 않겠어. 그 잘난 당신 어머니는 뭘 했는지 몰라. 머리 나쁜 제 자식 어릴 때 고등어 구이라도 실컷 안 먹이고."

아내는 시인 아버지 유전자를 타고 났는지 유독 부부 싸움 시에만 재능이 발휘되어 가능한 모든 수사학을 동원, 신기술 포탄 퍼붓듯 나를 몰아 세웠다. 그리고 결국은 애꿎은 내 어머니에게 모든 책임이 귀착되어버려 언제나 그 원한의 심원을 알 수 없게 만들었다.

발끈한 아내는 밥 하던 옷 그대로 겨우 코트 하나만 걸치고 문을 꽝 닫고 나가버렸다. 아내가 냅다 던지고 간 몇 마디가 부엌 바닥에서 오랫동안 굴러다녔다.

"좋겠다. 나 없으니 당신 맘대로 해먹어. 조림도 그리 쉬운 게 아니야. 무도 좋아야 하지만 비린내 잡으려면 거기 양념도 쌀뜨물도 잘 이용해야 해. 그러나 무어니 무어니 해도 제일 중요한 건 불조절이야 이 무식쟁이야. 뭐든 잘 듣고 열심히 공부해 봐. 공부해서 남주나.

그러면서 어떻게 교수 노릇은 했는지 몰라. 쯔쯧, 아무것도 모르고 뭘 배우는 애들만 불쌍하지 불쌍해."

나는 거의 실신상태였다. 도무지 아무것도 보이지 않아 한동안 쓰러져 있었다. 겨우 찬 물 한 대접을 찾아 들으키고 나서야 서서히 세간들이 눈에 들어왔다.

'제까짓 것 나갈라면 나가라. 내가 눈 하나 깜짝하나. 그래봤자 별 수 있겠나. 기껏해야 딸네 집에나 갔겠지. 내가 저 여편네 성질 못 잡으면 앞으로 오래 살기는 아예 글른 것이다. 봐라 이번 기회에 아주 혼줄을 내야지. 눈물이 찔끔 나오게. 들어와도 절대 안 받아준다. 암 그렇지 이왕 할 거면 이혼까지도 불사해야지…… 나도 겁날 것 하나 없다. 웃긴다. 저 없으면 내 혼자 못 살 것 같은가 보지.'

그런 생각을 했으나 시간이 자꾸자꾸 늦어지는 것이, 밤은 깊어 가는데 아무 소식 없는 것이 은근이 걱정이 된다. 그래도 이럴 때 본때를 보여주어야 하는데. 참자 꾹 참아보자.

이때 옆에 놓인 핸드폰이 자지러진다. 얼른 집어 들었다.

"이봐, 알았어 알았다니까. 그냥 주는 대로 먹을 테니 이제 그만 들어와. 너무 늦었어. 그게 무어 중요하겠어. 다만 당신과 나의 조리 방법론적 차이지. 우리가 그런 걸 갖고 다투는 게 웃기지 않아?"

아니 이게 무슨 소리인가. 전연 내 뜻과는 다른 소리가 나왔다. 아마 오래동안 길들여진 비굴한 머슴 기질 탓일 것이다.

그런데 아무 반응이 없다. 이상하다. 한참 있다 큰 딸아이 목소리가 들렸다.

"아빠 무슨 일 있어요. 엄마는…… 어디 가셨어요. 여긴 안 오셨는데. 왜 그러세요. 아이고 이제 나이가 얼만데 아직도 싸우고 그러세요. 제발 그러지 마세요. 알았어요. 제가 여기 저기 수소문해 볼께요."

이건 통 체면이 말이 아니다. 이 나이에 고등어조리법 때문에 싸웠다는 것도 그렇고 아내가 가출했다는 것은 더욱 더 나에게 큰 오욕이다. 그러나 저러나 이 난리통에 여지껏 아무것도 못 먹고 있으니 죄없는 뱃가죽이 등에 붙어 버렸다.

혼자라도 뭘 먹어야겠다는 생각에 아내가 하다 만 밥상을 주섬주섬 챙긴다. 그런데 굽다 만 고등어는 어떻게 해야 하나? 후라이 팬에 아직도 누워있는 고등어를 물끄러미 바라다본다.

자존심이 많이 상했지만 어떡하나 조림은 멀고 이거라도 마저 구워 먹어야겠다고 생각했다. 가스불을 다시 올린다.

소주 한 잔을 혼자 따라 마셨다. 목을 타고 내려가는 알코올의 쓰린 맛이 가슴 깊이 젖어들었는지 순간 울컥했다. 쓸쓸하다.

타들어 가는 고등어를 가만히 내려다본다. 고등어는 제 한 몸 갈라 두 몸으로 맞대고 불 속에서 서로 끌어안고 딩굴고 있다. 타들어가며 뒤척이고 고통에 일그러진 얼굴 위로 눈물이 흐르고 등에 맺힌 푸른 물결 무늬에 숱한 세월의 편린이 새겨져 있다. 까맣게 그을린 녀석의 표정에서 아직도 곁에 누운 반쪽의 존재가 행복처럼 읽힌다. 고등어는 샴쌍둥이의 한 몸처럼 부둥켜 안고 키스라도 하고 싶은 것인가. 입가가 아직도 붙어 있다. 매정하게 반 쪽을 떼어내 밥상에 올린다. 혼밥에 목이 멘다.

TV에서는 목청을 돋으며 여자 대통령이 가야 할 탄핵과 하야에 대하여 끝없는 논쟁을 하고 있다. 나와 내 아내가 벌린 고등어조림과 구이 같은 무의미한 방법론적 싸움의 허구처럼.

결국 나는 구이 한 쪽을 남겨 놓는다. 내일 아내가 오면 조림도 한번 해 볼 생각이다. 연습이 길면 이별은 멀겠지.

어쩌다 혼자된 겨울밤, 창밖으로 눈이 되지 못한 진눈깨비가 이국처럼 흩날리고 있다. ✸

제4부

사과나무 영혼에 대하여

화성에 내리는 봄비

"그냥 갈 거예요?"

그녀가 전철역 입구에서 걸음을 멈추고 우뚝 섰다.

"어쩌자구……."

"비 오지 않아요 봄비."

"비 오는 것 처음 봤어. 365일 매일 비 오는 데도 많아."

"어째 그래요. 노란 꽃잎에 하늘하늘 내리는 봄비가 매일 오는 비랑 어떻게 같아요."

"개나리에 무슨 봄비? 실없는 멜랑콜리는 어린 소녀적 감상이야."

"당신, 다른 별에서 왔어요? 아니면 나이 탓이예요. 그런 감성으로 어떻게 글은 쓰는지……."

"대신 써 줄 것도 아니잖아. 오늘 왜 그래. 당신. 이제 그럴 나이 벌써 지났어."

좀 과했나. 순간 그녀의 눈자위가 허옇게 변한다. 바람이 우산을 거칠게 흔들고 지나갔다.

"그래서 어쩔건데. 기차 시간 맞힐 수 있겠어? 그러다 또 차 놓칠라."

그가 씽긋 웃고, 꼭 쥔 우산 끝 손잡이를 힘껏 잡아 주었다. 마주 잡은 손이 차다.

로트랙 그림과 마주한다. 목로주점 물랑루주쯤으로 생각하자. 희미한 불빛 아래서 여기저기 붉은 입술들이 뻐끔뻐끔 노란 액체를 삼켰다 뱉었다 물고기처럼 놀고 있다. 입가에 거품이 부글 거린다. 수초가 흐물거리는 어항 속. 좁은 유영이 슬프다.

"맛 있어?"

붉어진 눈가에 물기가 젖어들어 지친 물고기처럼 가라앉고 있는 그녀에게 물었다.

"무슨 맛인지…… 나는 트림만 나오고 쓰기만 하구만."

"써서 마시는 거예요. 쓰지 않으면 안마셔요. 당신이 달짝지근한 걸 한번 사줘봐요. 어쩌면 나는 너무 단 것은 이제 못 마실지도 몰라요."

"쓴 걸 무엇 때문에 억지로 마셔. 그런 것 아니라도 세상에 쓴 게 얼마나 많은데."

"말이 통하지 않는 당신에게 더 이상 설명하고 싶지 않아요. 그냥 내가 쓴 것을 좋아 해서 마시는 것으로 해요."

창가에 흘러내리는 빗방울이 차 불빛에 반사되어 영롱한 구슬처럼 빛난다. 아름다운 눈물.

"우린 왜 이렇게 안 통해요. 소설 쓴다더니 사람이 변했어요. 다시 시인으로 돌아와 봐요. 점점 내가 알던 옛날 그 사람 맞나 의심날 때가 있어요."

"그래. 그럼 다시 시인으로 돌아갈까."

"시인으로 돌아와요. 그래야 우린 서로 무언가 통할 것 같은데. 그렇게 무뎌진 칼로는 어디 노란 개나리꽃잎 하나라도 베어낼 수 있겠어요?"

비가 차츰 굵어졌는지 들어서는 사람들마다 물기가 뚝뚝 떨어지는 우산을 받쳐 놓는다. 우리는 맥주잔을 내려 놓았다.

"당신 요즘 외로운가 봐. 비 때문에 그런 거 같지는 않고. 내가 너무 소홀했었나."

"아녜요. 마음 쓸 것 없어요. 나 그렇게 외롭고 고독하지 않아요. 다만 말이 통하지 않을 때는 슬퍼져요. 혹시 '20억 광년의 고독'이라는 시 읽어 봤어요?"

"우주의 분열로 화성이 떨어져 나간 그 옛날부터 지구인과 화성인은 고독이 시작되었다는 그 시. 만류인력은 서로를 끌어당기는 고독의 힘이라는 말도 있지 아마."

"그래요. 인간은 원래 태초부터 고독한 존재였데요. 당신이 있고 없고는 상관없이."

"그런데 왜 나보고 통하지 않는다고 말했어. 봄비 말고 진심을 애기했으면 내가 금방 알아 들을 수 있었을 텐데."

"그럴까요. 진심보다도 화성인 같은 당신을 알아듣게 하려면 내가 화성언어로 말했어야 했어요. '네리리 키르르 하라라*' 이렇게. 무슨 말인지 알아 듣겠어요?"

"네리리 키르르 하라라. 이게 '내 맑은 눈물이 노란 개나리 꽃잎에 져요. 당신 때문에' 라는 화성 말인가."

갑자기 몇 번인가 빛이 번쩍하더니 실내가 암흑 천지가 됐다. 정전. 어둠속에서 더듬거려 겨우 그녀의 손을 찾아 잡았다. 손이 뜨겁다. 그래 여긴 화성 어디쯤이나 될까? ✦

*다니까와 슌타로의 시 「20억 광년의 고독」에 등장하는 화성인 언어

어느 비오는 날의 삽화 1
— OK 거실의 결투

햇살이 꼬리를 보인 게 언제인지 오늘도 아침부터 하늘이 온통 까맣다.

거실에서 빨래를 건조대에 널면서 아내는 까만 하늘을 향해 눈을 옆으로 뜬다.

검은 구름이 아내의 허연 눈흘김에 화가 나 우레같은 소리를 지르며 달겨든다.

깜짝 놀란 아내가 쿠당탕 거실 바닥에 나가 떨어졌다.

구름은 재빨리 플래시를 터뜨리며 대자로 누운 아내의 전신을 민망 스냅으로 남긴다.

잠시 앞도 안 보이게 까만 하늘에서 폭포가 쏟아진다.

성를 못 참고 먹구름이 장마를 불러들여 거실 틈으로 밀어넣는다.

장마가 제 집인양 들어와 거실 한복판에 덩그러니 누워버린다.

아내가 젖은 빨래로 장마를 몇 번이나 덮쳤으나 바람손으로 빨래를 나꿔챈 날쌘 장마는 씩씩거리며 가까운 친구들을 불러 모으기 시작한다.

먼저 스멀스멀이 불려나와 카펫 위를 네 발로 기어다니더니 바로 쏘파의 등받이를 닥치는 대로 올라타고 흰 거실 벽을 사정없이 기어 오른다.

이어 기다렸다는듯 꾸들꾸들이 뛰어들면서 안방 건너방 손주의 공부방까지 모조리 차지하고 눅눅한 웃목에 길게 누워버렸다.

화장실에 숨어 있던 끈적끈적과 질척질척마저 뛰쳐나와 부엌의 벽과 도마 심지어 아내가 입은 내복에까지 찰싹 들러붙어 물을 줄줄 뿌리고 다닌다.

뿌려진 물이 식탁에 질펀하고 걸려 있는 옷, 실내 커튼, 이불자락까지 다 흔건히 적신다.

아내가 소리 소리 지르며 112 신고로 '물먹는 하마'를 부르겠다고 위협하였으나 미친 장마는 도무지 들을려고도 하지않고 해보라는 듯 능글능글 빈정대기만 한다.

아내가 거실 바닥을 엉금엉금 기어가 선풍기 스위치를 눌러 보았으나 약이 바짝 오른 장마는 널부러진 아내의 치마폭을 난폭하게 들추더니 그녀의 가장 취약한 왼쪽 무릎 퇴행성 관절을 그 날카로운 이빨로 꽉 물어 뜯는다.

비명을 지르며 나딩구는 아내.

장마는 마지막으로 집안 어딘가에 잠자고 있는 근질근질한 불쾌지수를 불러 뒷일를 맡기고는 증기처럼 뭉개뭉개 피어오르는 피곤함과 권태로움에 지쳤는지 몇 번의 긴 하품에 슬며시 잠이 들었다.

이때를 놓치지 않고 아내는 벌떡 일어나 난방 스위치를 최대로 올리며 제습기의 예리한 칼날를 장마의 심장을 향해 내리 꽂으며 기습적 이중공격을 감행한다.

잠들었던 장마가 갑자기 스며드는 온기와 날카로운 제습 칼날에 속수무책 고꾸라졌다.

피를 흘리고 발버둥치며 소리쳐 친구들을 부르더니 달려온 불쾌지수의 부축을 받고서야 비틀거리며 비틀거리며 문을 박차고 나가버렸다.

장마가 떠나간 저녁,

거실 핏자국 같은 얼룩 위로 하얀 분가루가 뿌려져 내리고 오랜만에 환한 햇살이 뽀송뽀송한 아내 얼굴 위에서 한참을 놀다 갔다. ✤

어느 비오는 날의 삽화 2
― 사진작가 K에 대한 작업기

　늘씬한 뒷모습. 청색 스키니 진이 어울린다.

　짧게 자른 머리, 높이 세운 Y셔츠 칼라하며 셔츠 끝자락으로 허리를 질끈 동여맨 필경 선머슴같이 보이는 것이 사진작가 K가 분명했다.

　작은 파라솔을 하나 들고 쏟아지는 빗속으로 들어설지 말지를 망설이고 있는 듯했다. 손을 내밀어 빗물을 받아 보기도 하고 이런 작은 파라솔로 젖지 않고 갈 수 있을지 어떨지 가늠해 보고 있는 게 틀림없다.

　짐짓 어깨가 처지는 것이 포기하는 것 같다. 얇은 Y셔츠 차림에 이 빗속을 걸으면 그 몸골이 볼만할 것이다. 야릇한 웃음이 나왔다. 그래도 볼륨은 아직 괜찮은 편인데…….

　얼마만에 온 기회인가 그냥 지나칠 수가 없다. 숨어 있던 작업욕이 꿈틀댄다. 다가갔다. 갑자기 나타난 내가 의외였는지 깜짝 놀라는 기색이었다.

"비가 많이 옵니다. 가까운 전철역까지 제 차로 모시지요."

말하고 보니 너무 공대를 한 것 같다. 함께 공부한 지도 여러 달 됐는데 이럴 땐 작전상 좀 더 가까운 사람처럼 했어야 했다. 금방 후회가 되었다. 그런데 의외였다. 기다렸다는 듯

"고마워요. 어떡하나 걱정했어요. 가시는 곳 어디 중간쯤에서 내려주세요"

방긋 웃으며 무거워 보이는 배낭을 벗어 들고 총총걸음으로 나를 따라 어두운 주차장 계단을 내려왔다.

밖은 장대비가 쏟아지고 있었다. 하늘이 뚫렸는지 도무지 양동이로 물을 퍼다 붓는 듯했다. 와이퍼를 최대로 작동시켰으나 앞이 흐려 잘 보이지 않았다. 운전이 쉽지 않다.

"대단하네요. 무슨 비가 이렇게 오는지……."

옆 자리에 앉아 아무 말 없이 창밖을 내다보는 그녀의 프로필이 너무 좋다. 화장기 하나 없는 얼굴이 맑디 맑다. 대답 없이 흰 머리에 남아 있던 하얀 물방울 몇 개가 굴러 떨어졌다.

금요일 저녁, 비 오는 거리는 차들로 만원이었다. 조금도 움직이지 않는다. 조금 가다서고 조금 가다서고를 반복한다. 차선 변경도 어려워 내가 가고 싶은 방향으로 가기는 정말 어렵다. 차는 가까스로 남산 터널에 들어섰으나 언제 빠져나올 수 있을는지 알 수가 없다. 어둠 속에서 앞차의 미등이 초롱처럼 이어져 아름다운 연등길을 만들고 있다. 빗소리도 들리지 않고 고요속에 한참을 서 있었다.

"댁이 어디세요?"

내가 물었다.

"분당이에요. 정자동."

"잘 됐네. 그러면 분당 들려서 가면 되겠네. 저는 수지 살아요."

또 침묵이 흘렀다. 답답했던지 그녀가 먼저 시 얘기를 꺼냈다.

"전 처음 그 시를 카페에서 보고 틀림없이 작가가 여자일 줄 알았어요. 그런데 오늘 합평에서 선생님 시인 걸 알고 깜짝 놀랐지요. 어쩜 감성이 여자 같으세요. 저는 여자지만 그런 감성 갖지 못 했어요."

"……."

대답을 안 했다. 무슨 뜬금없는 소리냐고 되묻듯 돌아봤다.

우리는 여러 달째 L시인 밑에서 시 공부를 하고 있었고 오늘은 격주로 만나는 합평일이었다.

"여자 같은 감성이라고 해서 화났나요. 나쁘게 생각하지 마세요. 칭찬이니까."

나는 피식 웃고 말았다. 그다지 기분 좋은 말은 아니었다.

"꿈에라도/ 장미이기를/ 모란이기를/ 바라지 마라//

나는/지나는 길섶 /작은 들풀이고져 하니//

바람 멎고/ 눈 비 걷치면/ 무심한 들꽃 하나/ 노랗게/ 피워내면 족하리//

저는 이 '들꽃'이라는 시를 한번 읽고 다 외어버렸어요. 짧지만 그 소박한 마음이 가슴에 절절이 와 닿았거든요. 그리고 분명 여자가 썼을 거라고 확신했고요. 그런데 선생님이 쓰신 걸 알고 깜짝 놀랐어요."

"실망했어요 내가 써서. 그런데 남자는 이런 시 쓰면 안 되나요?"

"안 되긴요. 이런 순수한 감성을 아직 갖고 계시다는 게 놀랍구요. 더구나 백 선생님이라 생각하니 도무지 현실과 매치가 잘 안 되요. 선생님을 잘 모르기도 하지만……."

현실과 미스 매치라? 사실 나같이 생긴 남자가 어떻게 이런 여성적 감성을 갖고 있느냐 이것이 문제라는 것인데, 시의 진정성을 의심하는 것인지 아니면 혹시 여성 같은 남자라면 매력이 없어 관심이 없다는 말인지. 분명 말투와 분위기로 봐서는 아닌 것 같기는 한데, 영 분간이 서질 않는다. 여하튼 그녀가 본 나에 대한 여성적 감성이 내가 벌릴 이 작업에 제발 걸림돌이 되지는 말아야 할 텐데 그게 나의 기분을 좀 언짢게 했다.

이 빗속에서 모처럼 그녀와 잘 엮어져 고목에 붉은 꽃이라도 한번 피워낼 수 있다면 얼마나 아름다운 일인가. 이렇게 몸도 더워 오고 가슴도 심히 울렁이고 있는데.

그녀의 옆 얼굴을 본다. 속마음이 들켜 부끄러웠는지 그녀는 다소곳이 앞만 보고 있다.

나는 이 분위기에 어울리는 더 높은 감성작업을 위해 평소 잘 듣지는 않지만 폼으로 갖고 다니는 샹송 CD 하나를 재빨리 꺼내 걸어본다.

"느 므 끼뜨 빠*, 일 포 뚜블리에, 뚜 쀄 쑤브리에, 끼 성뛰 데쟈, 우블리에 르 떵 데 말라떵 뒤, 에 르 떵 뻬르듀. 느 므 끼뜨 빠, 느 므 끼뜨 빠……."

굵은 저음의 흐느끼는 목소리가 비오는 저녁 둘의 가슴을 촉촉히 젖게 한다. 조용히 그녀의 안색을 살핀다. 이제 그녀의 작은 어깨가 살며시 내 가슴으로 기대어 올 것을 기대하며…….

노래가 끝나고 에디트 피아프의 '라 비드 로제'로 넘어갈 때쯤 그녀는 내 쪽으로 얼굴을 돌리며 함박 웃었다. 반가워하는 눈치였다.

"샹송 좋아하시나 봐요."

별 수 있겠나 슬쩍 던진 낚시밥에 걸려 들었지. 역시 여자에게 무드는 만고의 적인 것을. 그러나 이때가 중요하다. 다른 이들과 다른 무언가를 보여주어야 한다. 샹송을 즐기는 멋진 신사라는 걸 보여주는 정도로는 안 된다. 이런 때는 좀 더 낮은 자세로 겸손한 척, 고품격인 척 해보이는 것이 신의 한 수라는 것쯤 실력자들은 다 안다.

"뭘요. 들을만한 샹송을 좀 알지요. 젊었을 때 프랑스에서 일한 적이 있어서요."

그러나 그녀는 이미 작업용 꼼수라는 걸 다 알고 내 말에는 전연 반응이 없다. 오히려 그녀가 들려주는 샹송 얘기에서 나보다 훨씬 차원 높은 음악의 대가다운 면모가 드러났다. 참담했다. 그러니 나는 도끼로 내 발등을 거듭 찍고 있다는 것인데…….

"쟈끄 브렐! 이 남자를 잊을 수가 없어요. 내가 이 사람 노래를 처음 들었을 때, 내 마음에 천당과 지옥이 따로 없었어요. 그동안 샹송은 이브 몽땅이 최고인 줄만 알았는데 그 이전 쟈끄 브렐이 있었다는 것을 몰랐어요. 슬퍼요. 그가 너무 일찍 세상을 떠난 것이. 좀 더 살았으면 좋은 음악을 더 많이 남겼을 텐데. 이처럼 비오는 저녁, 쟈끄 브렐의 허스키가 우리의 영혼을 울려 주네요."

이게 아닌데. 지금 무엇인가 잘못 돼 가고 있는 것이다.

이런 분위기에서 브렐을 들으면 열중 아홉은 말없이 눈물을 글썽이며 슬며시 남자 품으로 안겨오는 것이 보통인데 그녀는 영혼 운운하며 도통 그럴 기색이 아니다.

이젠 늙어 내 검이 무뎌진 것인가. 작업을 계속 비웃는 그녀는 대단한 강적이 틀림없다.

"이브 몽땅을 좋아하신다고 그랬나요. 노래를 좋아 하시는 것은 알겠는데 사람도 좋아하시나요?"

이게 또 무슨 소리. 정말 내가 이상해지고 있다. 완전 하급 작전을 쓰고 있다.

들꽃 얘기에 들떠 있다가 브렐로 완전히 가라앉아버려 정신이 좀 이상해졌나 아니면 괜한 질투심의 발로인가?

"몽땅 노래는 '고엽'처럼 좋은 게 많지만 사람은 꼭 그렇게 좋은 사람이 아닙니다. 오리진이 이태리인 것은 아시죠? 이태리 사람들 피가 좀 음흉합니다. 아시잖아요. 마피아가 바로 그들입니다. 몽땅은 피아프가 키워줬는데 그녀를 배반하고 시몬 시뇨레하고 살았습니다. 나중엔 몬로 하고의 염문, 까뜨리느 뒤느브와의 사랑 등으로 결국 시뇨레도 자살하고 말지요. 아시다시피 그는 세계적 바람둥이입니다. 여자 속 썩이는 그런 사람 뭐가 좋습니까?"

나도 모르겠다. 왜 이런 말을 그녀에게 자꾸 하게 되는지.

"그래도 남자면 바람끼도 좀 있어야 하지 않나요. 언제나 학교 선생님 같은 표정이나 말투면 너무 지루할 것 같아요. 가끔은 여자를 애타게도 해야 긴장감도 있고 정말 매력있는 바람끼라면 다른 여자들도 좋아한다는 증거잖아요. 다른 여자에게 매력 없는 남자는 나도 싫어질 테니까요. 어때요. 백 시인도 바람 한번 피워 보실래요."

이건 웃어야 하나 울어야 하나. 나는 지금 완전히 이 여자의 손바닥 위에 올려져 있다.

당초 내가 이 여자를 어떻게 해 보겠다는 것이 얼마나 순진함의 극치였는지를 알 것 같다.

그녀는 분명 꼬리가 여럿 달린 여우였다. 그만큼 노회했다. 그런데 나는 이게 밉지가 않다. 사랑스럽다. 그래요! 상대가 당신이라면 바람 한번 피우고 싶어요. 나는 소리는 내지 않았지만 알아들을 만큼 큰 미소로 답했다.

비가 그친 거리가 이젠 교통이 풀려 차는 판교 인터체인지를 돌아 분당게이트로 마악 들어서고 있다.

"죄송해요 정자역 근처에 좀 세워주세요. 고맙습니다. 언제 우리 식사 한번 하실래요. 저는 원래 누구에게든 원수지고는 못 살아요."

차에서 내려 그녀가 작은 어깨와 등을 내밀었다. 내가 배낭을 들어 그녀의 어깨에 메어 주었다. 작은 어깨가 축 처질만큼 무거웠다.

"카메라예요. 저 사진 찍는 거 아시죠. 시보다 사진이 좋아서 헤매고 있어요. 들꽃 찍기를 좋아 하지요. 사진 동호회 모임에 들지도 않고 그냥 혼자 다녀요. 물론 장미도 찍고 모란도 찍지만 들꽃처럼 살고 싶어요. 그런데 들꽃 찍고 남들이 찍을까봐 아주 꺾어버리는 몰지각한 사람들도 많아요. 들꽃이 불쌍해요. 그래서 들꽃 사랑하는 선생님이 좋아요. 시와 사진이 만나면 그럴 듯하지 않겠어요. 한번 기대해 보세요."

고개만 까닥 그리고 비 그친 깨끗한 거리로 그녀는 빠르게 걸어갔다. 무거워 보이는 배낭이 그녀의 등에 바위 처럼 붙어 있다. 좋은 들꽃 하나 만나면 많이 가벼워질 텐데……

언제 예쁜 들꽃 찾아 같이 한번 나서야겠다. 작전보다 진심 공부를 좀 더 해서. ✈

*Ne me quitte pas(날 떠나지 말아요) : 프랑스 가수 Jacque Brel이 부른 떠난 연인을 그리는 애절한 노래

워낭소리, 천둥소리

차츰 밝아지는 하늘을 본다. 이리 몰리고 저리 몰리는 구름들 사이로 작은 햇살이 보이기도 한다. 긴 장마가 이제야 끝나는 것인가. 이번 장마는 유난히 비도 많고 길었다.

환한 햇빛이 비춰준다면 미루었던 휴가를 올해는 꼭 해야겠다고 생각했다. 여러 해 휴가를 못한 것은 순전히 일 때문이었다. 우연히도 이때쯤이면 일이 터져 발목 잡히곤 한 것이 어디 한두 번인가. 제발 올해는 무사하기를…… 임 검사는 길게 한숨을 쉰다.

똑똑똑 녹크 소리가 났다.

"김 수사관입니다. 찾으셨다구요."

"네, 들어 오세요. 김 수사관! 내일이 고종우 최종 송치일이지요?"

"그렇습니다. 아마 내일 오후쯤에 이루어질 것 같은데요."

"그럼 구치소에 연락해서 송치되기 전 내가 좀 볼 수 있도록 해주세요"

김 수사관은 의아해 했으나 담당 검사의 지시를 거역할 수는 없었다.

고종우! 그는 살인범이었다. 대낮 처제를 덮치는 악한을 목낫으로 살해한 흉악범이었다.

그는 지난주 공판에서 20년형을 선고 받았다. 그런데 고종우는 예상과 달리 상소를 일찍 포기했다. 국선까지 나서 상소를 종용했으나 그는 선고를 순순히 받아들였다. 아마 무슨 심정의 변화가 있었을 것이라는 짐작은 갔으나 알 수 없는 일이었다. 모두가 그의 뜻을 받아들였다. 재판은 끝났다. 내일은 그가 구치소에서 기결수 교도소로 이송되는 날이다.

이 사건은 그래도 쉽게 해결된 치정살인사건에 속했다. 으레 치정사건에 숨어있는 음습함과 추잡함이 비교적 잘 드러나지 않은 사건처럼 보였다. 그것은 범인의 순순한 자백에서부터 목격자들의 솔직한 증언이 만든 결과였다. 이상한 것은 범인이 처제의 증언이나 면회, 일체의 수사관여를 용인하지 않는다는 것이었으나 수사과정에서는 개인의 인권을 존중한다는 차원에서 수긍했고 받아들여졌다. 다만 검찰은 형법 제250조 살인죄를 적용 '무기징역'을 구형하였으나 판사는 우발적 범죄이며 초범임을 참작하여 20년형을 선고했다. 현재의 재판부 태도라면 만일 상소시에는 다소의 더한 감형도 예상됐으나 그는 거절했다.

아직도 나가지 않고 머뭇거리고 서 있는 김 수사관을 보며

"뭐 더 보고할 것이 있나요?"

"고종우가 교도소 변경을 요구한답니다. 대전 말고 청송으로 보내 달라고……."

"그게 우리 소관사항입니까?"

"아닙니다."

"그러면 저들이 알아서 하게 내버려 두세요. 우리가 관여할 일이 아닙니다."

왜 모르겠는가. 혹시 내일 그를 만날 때를 대비한 김 수사관의 배려일 것이다. 그는 고종우 마음을 조금은 알 것 같았다. 범인은 사건을 예산에서 일으켰고 그의 처가는 홍성이다. 짐작컨대 그곳에서 멀리 떨어져 있고 싶을 것이고 면회다 무어다 하는 번거로움에서 벗어나 조용히 혼자 있고 싶은 심정일 것이다. 그러나 그것은 법원의 일이었다.

임 검사는 책상에서 포장상자 하나를 꺼냈다. 상자에는 놋쇠로 만든 작은 쇠종이 하나 들어 있었다. 가만히 흔들어 보았다.

"딸랑 딸랑 따르릉 딸랑 따르릉 따알랑."

흔드는 리듬에 따라 높고 맑은 소리가 실내에 울려 퍼졌다. 그 소리는 너무 청량해서 마치 귓속으로 지나는 솔 바람소리 같았다.

비 그친 저녁 산모퉁이 어디쯤 일을 마친 황소가 유유히

집을 향해 걸어오는 광경이 눈에 보이는 것 같았다. 뚜벅뚜벅 걸을 때마다 울리는 워낭소리! 이따금 새끼를 부르는 '음매' 소리와 함께 울리던 쇠종소리. 그것은 생명소리 같이 살아 있음을 알리는 거룩한 신호였다.

김 양이 갑작스런 '딸랑딸랑' 소리에 문을 열었다가 종을 들고 흔들고 있는 임 검사를 보고는 빙긋이 웃곤 문을 도로 닫았다.

이 종은 어제 왔다. 비가 억수같이 퍼붓는 어제 오후, 택배기사는 1204호 검사실 앞에 이것을 놓고 갔다. 메모 한 장 그리고 밀봉된 편지 한 통과 함께.

A4용지에 또박또박 써 내려간 메모에는 이것을 살인범 고종우에게 전해줄 수 없느냐는 간곡한 부탁이 적혀 있었다. 임 검사도 몇 번은 본 듯한 사건의 발단인 그의 처제가 보낸 것이었다. 그녀는 부단히 면회 신청을 했으나 형부의 거절로 면회가 안 됐다는 것과 형부는 이 워낭이 없이는 한시도 살 수 없는 사람이라는 것이 세세히 적혀 있었다. 물론 그가 30년 동안 우시장을 돌면서 소 운송에 평생을 종사한 줄은 이미 아는 얘기였으나 눈에 띄는 것은 도살장으로 끌려가는 소에 대한 그녀의 회상이었다. 형부는 어느 날 여러 개의 워낭을 갖고 있어 물은 적이 있다는 것이다. 무엇에 쓰는 거냐고? 그랬더니 형부는 도살장으로 데려가는 소에 꼭 필요한 것이라고 답하더란다. 도살장으로 끌려가는 소는 코뚜레와 워낭을 모두 떼어내는데 워낭소리가 나지 않게 된 소는 무엇

인가 금방 닥쳐올 죽음을 예감하고 절대로 발을 떼어놓지 않는다는 것이다. '딸랑딸랑' 그저 무심히 나는 이 소리가 그렇게 아직 살아있다는 그 소의 생명 소리라는 것이 경이로웠다. 주인이 떼어간 그 워낭을 자신이라도 채워놓아야 소는 순순히 트럭에 오른다는 것이다. 간혹 민감한 놈은 음이 달라진 종소리에 난동을 부리기도 한다고. 그러면서 그녀는 형부는 지금 죽으려가는 소 같은 심정일 거라며 이 고운 소리가 나는 워낭을 형부에게 꼭 전해주고 싶다는 것이다. 물론 밀봉된 편지와 함께.

임 검사, 그도 잠시 옛날 생각이 났다. 어릴 적 아버지는 소를 한식구같이 여겼다. 자신은 굶는 한이 있어도 소를 위한 꼴과 여물은 놓친 적이 없다. 자신의 분신을 아들의 학자금을 위해 내다 팔았던 아버지의 마음이 지금도 아리게 져며왔다. 그날 아마 빈손으로 돌아오던 그 허전한 귀가길, 산모퉁이 곳곳에 뿌렸던 아버지 눈물 위에 빈 워낭소리가 넘쳐났으리라. 노란 종을 다시 본다. 작은 종지 모양 놋쇠에 매달린 애기 고추 같은 추가 움직일 때마다 어찌 이렇게 청량한 소리가 나는가. 물론 소의 도주를 막거나 소재 파악을 위하여 달아놓은 것이었겠으나 소에게는 이토록 생명줄인 것을 상상이나 할 수 있었겠는가. 꼭지를 들고 크게 한번 흔들어본다. 다시 자지러지는 종소리!

"왔습니다. 검사님"

고종우는 그의 양팔을 끼고 있는 두 명의 호송관과 함께 문 앞에 서 있었다

오랜만에 수의를 벗고 일반복 차림으로 있는 그를 임 검사는 한동안 쳐다봤다. 얼굴은 많이 수척해졌지만 벌어진 어깨며, 근육질의 팔, 굵은 목, 그는 아직도 건장해 보였다.

"들어 오세요. 김 수사관! 그리고 고종우 피고, 아니 고종우 씨 수갑을 제거해 주세요"

"······."

대답 없이 그들은 매우 곤혹스런 얼굴이 된다.

"괜찮아요. 여기는 담당 검사 사무실입니다. 걱정할 필요 없어요. 안 그래요?"

임 검사는 두 명의 호송관 얼굴을 쳐다봤다. 그들은 아무 말없이 고종우를 놓아주고 수갑을 제거했다.

"모두 잠깐 나가 있으세요. 내가 긴히 할 얘기가 좀 있어요."

그들이 나간 뒤 고종우는 몹시 긴장하는 듯했다. 수갑이 제거된 손을 이리저리 비비고는 있었으나 많이 과장된 모습이었고. 아직도 고개를 들지 못하고 서 있었다.

"이리 편하게 앉아요. 괜찮아요. 어떻게 지냈어요. 듣자하니 누구도 면회를 안 한다면서요. 간섭할 일은 아니지만 가족들 신청은 받아 주세요. 얼마나 보고 싶겠어요. 그래 지내보니 수감생활은 할만 합디까?"

그는 그제서야 긴장이 조금 풀리는지 간신히 입을 열었다.

"잠을 못 자는 것 외에는 그냥저냥 지낼만 합니다."

"잠을 못 자요. 왜요? 물론 쉽게 잊혀지지는 않겠지만 길게 보고 이젠 다 잊으세요. 순간의 실수였잖아요. 오래 마음에 두지 마세요."

"어쩌된 일인지. 사건 기억은 벌써 희미해졌어요. 또 생각해 내고 싶지도 않고요. 그런데 아직도 귀에서 쇠종소리가 나요. '딸랑딸랑' 평생을 같이한 소들의 워낭소리가 귓속에 가득해 잠을 못 자게 합니다."

"이제 다른 일을 생각해 보세요. 옛날 가족들과의 즐거웠던 일도 생각해 보고, 뭐 해 볼만한 새로운 일은 없는지 한번 찾아도 보고. 교도소 내에도 그럴만한 일은 참 많아요."

임 검사는 탁자 위에 포장상자를 올려놓는다. 그리고 포장을 풀어 놋쇠종 하나를 들어 올렸다. 순간 새소리 같은 맑은 소리가 났다. 그의 눈이 휘둥그래졌다. 그의 얼굴이 갑자기 밝아졌다. 그의 영혼이 다시 살아온 것인가! 깜짝 놀란 그가 임 검사를 똑바로 쳐다봤다.

"어제 처제가 보내 왔어요. 그리고 이 편지도 함께……."

처제라는 말에 그는 움질 놀라는 기색이 역력하였다. 한참을 침묵했다. 그리고 물었다.

"잘 있답니까?"

"그래요. 잘 있답니다. 아무 걱정하지 말라고……."

"그런데……."

그는 무슨 말인가 더 할 듯했으나 그냥 입안에서 삼켰다. 눈에 그렁그렁 눈물이 고였다.

떨리는 손으로 흰 봉투를 집어드는 그에게 임 검사가 덧붙였다.

"여기서 볼 필요는 없어요. 어디 조용한 곳에 가서 마음 놓고 읽어 보세요. 그리고 혹시 소지품 검사에서 문제가 생기면 이야기하세요. 내가 이것만은 반입될 수 있도록 해 볼께요."

정말 솔직한 심정이었다. 이 워낭 만큼은 그의 품에 꼭 있게 하고 싶었다.

소매로 눈물을 훔치고 그는 씨익 웃으며 종을 들고 일어섰다. 그가 한 발 한 발 걸을 때마다 '딸랑딸랑' 워낭소리가 크게 났다. 뚜벅뚜벅 걸어 산모퉁이를 돌아가는 그리운 내 아버지의 황소처럼.

그가 떠나간 뒤, 포장상자를 뜯어 구겼을 때, 툭 하고 작은 사진 한장이 떨어졌다.

어린아이 사진이었다. 그는 바로 김 양을 불렀다.

"김 양! 김 양! 빨리 뒤 쫓아가 이걸 전해줘요"

급히 전해주고 온 김 양이 아직도 가쁜 숨을 몰아쉬며, 좀 의아한 듯 말했다.

"검사님, 전해 주었습니다. 그런데 이상하게 사진 속 어린 애가 고종우를 많이 닮았어요."

순간 우르릉 쾅 귀청을 때리는 천둥소리가 그녀의 말을 묻어버렸다. 아무 소리도 들리지 않았다. 갑자기 하늘이 어두워지며 참아왔던 비가 폭포처럼 쏟아져내렸다. 모두를 다 쓸어가버릴 듯이! ✴

Lalo에서 젊은 노자를 만나다

제1신

원교 시인께

늦은 시간 잘 내려가셨는지요? 항상 할 얘기들이 많아 즐거이 떠들다보면 너무 늦어집니다.

문학에 대한 열정이라 해도 늦은 시간 혹시 버스 사고라도 있을까 걱정이 많습니다. 나이 많은 사람의 괜한 기우라 여기지 마시고 잘 살펴 조심하시기 바랍니다.

지난번 보내주신 '노자, 늙은 아이'는 읽고 새겨볼 만한 글이었습니다.

노자의 말씀에 '황홀'이었다는 감정도 그렇지만 안개 속으로 물처럼 사라진 노자의 모습이 뇌리에 남아 떠나지가 않습니다.

어디로 가셨는지요? 어디로 가신다는 무슨 언질이라도 없었는지요? 몹시 궁금합니다.

기회가 된다면 저도 한번 뵙고 싶은데 그런 좋은 기회가 있을까 모르겠습니다.

"아직 내가 사람으로 보이는가?" 물었다면 사람으로 보였을 수도 있는 것인데 혹시 아직도 기억하고 계시다면 어렴풋이나마 인상착의를 알려주셨으면 합니다. 아직 귀국하여 고향에 돌아가시지 않았다면 만나볼 수도 있을 것 같습니다. 우연히라도 뵈면 알아볼 수 있도록 대강만이라도 알려주시지요.

긴 장마가 시작되려나 봅니다. 궂은 날씨에 건강에 유의하십시오.

제2신

정 시인께.

잘 계시지요? 장마가 본격 시작됐습니다.

제주부터 시작된 장마가 서서히 북상하여 완전히 장마철로 접어든 듯합니다.

늦은 밤까지 빗소리에 잠이 들고 빗소리에 깹니다. 유리창에 달라붙은 빗방울이 비상하는 새처럼 불빛에 비쳐 맑고 아름답게 보입니다. 악력이 다해 곧 떨어져 깨어지겠지만 너무나 투명하고 명징합니다. 촉촉이 젖은 가슴속으로 쇼팽의 환타지가 저리듯 파고듭니다.

보내주신 인상착의는 유용하게 썼습니다. 몇 곳 가실 만한 곳에 부탁을 해놓았습니다.

약속이라도 잡았으면 싶지만 세속에 익숙하지 않으신 현인이 선뜻 믿지 않으실 듯하여 행선지만 알려달라 했습니다.

큰 키에 마른 체구로 감청색 사파리와 무릎이 해진 진바지를 즐겨 입는 50대 중반의 남자! 긴 머리에 깡마른 얼굴, 높은 코, 빛나는 안광, 검은 입술, 그리고 유난히 귀가 크다는 말씀은 꼭 누군가를 연상시켜 한동안 혼란스러웠습니다. 가만히 생각해보니 원교 시인 자화상 같기도 합니다.

운이 좋으면 혹시 만날 수 있을 것도 같습니다. 찾아서 만난다면 함께 만나보실 의향은 있으신지요? 제가 원체 '동양철학' 쪽에 소양이 부족하여 부탁 겸 드리는 말씀입니다.

정 바쁘시면 박분필 선생을 모셔도 좋겠습니다. 박 선생도 그 방면 공부가 깊으시니 말입니다. 필담을 할 수도 있으니 통역은 그만 두겠습니다.

시간이 갈수록 빗방울이 굵어지고 바람도 세어지고 있습니다. 창문 두드리는 소리가 점점 요란해져 오늘밤 또 잠을 설칠 듯합니다. '전통은 죽은 사람의 살아있는 신념이지만, 전통주의는 살아있는 자의 죽은 신념'이라는 말이 잠시도 머리에서 떠나지 않습니다.

모쪼록 잠자리를 편히 하십시오.

제3신

제번하옵고,

기쁜 소식이 있어 급히 펜을 들었습니다

여러 군데 부탁해 놓은 것이 주효하였는지 믿을 만한 제보가 여럿 있었습니다.

한 주 전 원주에서 강릉으로 가는 버스에서 보았다는 제보가 있더니 이틀 전에는 안동 청량사 근처에서 그런 인상착의의 사람을 보았는데 지금은 어디로 갔는지 모르겠다는 목격자의 인터넷 제보가 있었습니다. 추측컨대 아마 강릉의 오죽헌이나 청량사 근처의 퇴계순례길 등을 돌아보고 계시지 않나 생각됩니다. 중국 관광객이 많아 쉽게 찾아지기는 어려울 듯하나 희망은 있어 보입니다.

늦었지만 오늘 결정적 단서 하나를 알아냈습니다.

혹시나 하여 출입국 관리소에 문의하던 중 중국 산시성 고현의 여향 곡인리에서 온 이이(李耳)라는 이가 한국학중앙연구원 퇴계연구팀 초청으로 입국한 사실을 확인했습니다.

그리고 아직 출국한 기록이 없다는 것입니다. 너무나 기쁜 나머지 바로 서판교 소재 연구원에 연락하여 문의해본 결과, 아직 일이 남아있어 이 달 말까지는 국내 머문다는 K교수의 답변이었습니다. 다만 계시는 동안 일체의 약속이나 강의는 안 된다는 전언도 함께였습니다. '노자가 맞는가' 라고 물었으나 노자일 수도 아닐 수도 있다는 애매한 대답만 돌아왔습니다.

그러나 연구원에서는 누구나 돌아온 노자로 생각하고 배우고 있다고 덧붙였습니다.

어찌됐든 현인(賢人)을 볼 수 있다는 게 조금 두렵기도 했지만 먼 발치에서 보는 것만으로도 꿈을 이룰 수 있을 것 같아 식사를 하거나 차라도 마시는 곳이 있으면 알려 줄 수 없겠냐고 사정을 했습니다. K교수는 한참을 생각하더니 꼭 예의를 갖춰줄 것을 조건으로 연구원 근처 '브런치카페' Lalo를 어렵게 가르쳐주었습니다.

현인은 가끔 퇴근길 Lalo에 들러 차도 한잔 하고 요기도 하신다는 말씀이었습니다.

그렇지만 아직까지 누구도 같이 차를 한잔 하거나 식사를 같이 한 적이 없다고, 습관인지는 모르겠으나 철저히 혼자 하신다는 말씀이었습니다.

원교 시인! 같이 궁리를 좀 해 주셔야겠습니다.

어찌해야 그를 볼 수 있을지. 나는 그를 꼭 한번 보고 싶습니다. 물어보고 싶은 것도 많고 말씀하신 그 '황홀'감도 한번 느껴보고 싶습니다.

이제 여기가 종착역 같은데 용감하게 한번 Lalo로 쳐들어가보면 어떨까요?

다행히 만나 주시면 다음에는 그 후기를 써 보내드리겠습니다.

장마는 이제 며칠간 소강상태가 된답니다. 얼마나 무덥고 답답한 한 주가 또 올려는지.

제4신
원교 시인! 드디어 어제 만나 뵈었습니다.

아직도 흥분되고 정신이 없어 두서가 없습니다. 많이 기다리실 것 같아 우선 개략 말씀드리고 자세한 얘기는 만나서 하겠습니다. 대강은 다음과 같습니다.

장맛비가 추적추적 내리는 주말 저녁. Lalo를 혼자 찾아 나섰습니다.

서판교 한국학중앙연구원 정문 앞에서 의왕, 안양으로 넘어가는 나무 울창한 터널 숲길을 걸어올라 몇 개의 비닐 온실과 묵밥집을 지나 언덕길 왼쪽으로 후미진 길을 내려가면 넓은 주차장을 가진 '로스티드 커피' 카페 Lalo를 만날 수 있었습니다. 정면으로 마주하고 있는 호수에 마침 비가 내려 흥건히 젖고 있었습니다. 나는 계단 난간에 기대어 멍하니 비오는 수면을 내려다보았습니다. 수면은 흐릿한 구리거울 같은 표면에 Lalo의 검은 그림자를 깊이 드리우고 있었습니다. 빗방울이 물풀에 떨어지면 그림자는 그 밑에서 잠시 이그러지곤 하였는데, 그 그림이 퍽이나 아름다운 모습이었습니다.

카페로 들어섰습니다. 아직 밝은 불이 들어오지 않은 실내는 어두웠습니다. 붐비는 시간이 아닌지 조용했습니다. 사람 소리도 음악 소리도 들리지 않고 오직 빗소리만 크게 들리는 것이 마치 고즈넉한 옛 고성의 누각에 오른 것 같은 착각이 들었습니다. 나는 좀 더 호수가 잘 보이는 아래층으로 내려 갔습니다.

노자는 호수와 제일 가까운 창가에 앉아 있었습니다. 찻잔이 놓여 있는 탁자에 책이 펼쳐저 있었으나 보는 것 같지는 않았습니다.

반 백의 헝크러진 머리칼, 낡은 감청색 사파리를 걸치고 진 바지에 스니커즈를 신고 있어 노인으로 보이기보다는 그냥 거리에서 만나는 평범한 중년 남자쯤으로 보였습니다.

물론 그의 짙은 눈썹과 번뜩이는 안광도 유별났지만 얼굴 양쪽에 붙어 있는 귀가 특별히 크게 보여 다소 기이했습니다. 워낙 말없이 깊은 상념에 잠겨 있는 듯하여 물러서 한참을 바라보다가 조용히 다가가 K교수 말을 전하며 동석할 수 있겠냐고 물었습니다. 그는 나를 한동안 살피고 나서야 고개를 끄덕였습니다.

"현인을 뵙게 되어 영광입니다. 이런 곳에서 노자 어른을 뵈올지 몰랐습니다."

내가 예의를 갖춰 정중히 인사를 했으나 그는 빙그레 미소만 짓고 말없이 호수 위 안개만 다시 바라보았습니다. 한참 후 작지만 청명한 목소리가 들려 왔습니다.

"많이 실망하셨습니까? 늙은이로 생각하셨다면 말입니다."

"노자는 노인으로 알고 있었습니다. 날 때도 어머니 뱃속에서 72년을 있었고 낳자마자 말을하고 180년을 살았다고 들었습니다."

"그랬을 겁니다. 그것이 내 전생(前生)이니까요. 그러나 나는 지금 이렇게 살아 있습니다."

"그럼 공자와 만났던 2500년 전 일도 기억하고 계시나요. 그때는 공사가 현인을 보고싶어 먼 길을 남궁경숙을 대동하고 찾아 갔었다고 하던데요. 그리고 예(禮)에 대하여 6번이나 물었다는 말이 전해지고 있습니다."

"맞는 말일 겁니다. 그러나 지금은 기억하지 못합니다. 아시다시피 전생은 어쩌다 특별한 충격이나 계기가 아니면 나타나지 않으니까요. 다만 제가 윤희에게 준 '도덕경'이 발견된 때와 사후 100년 '장자'가 나타났을 때, 또 200년 후 '장홍'에 의해 도교가 설립될 때는 다른 현인의 몸을 빌어 현신한 적도 있습니다."

나는 잠시 정신이 혼미하였으나, 그의 범상치 않은 눈빛과 목소리, 신중한 태도와 진심이 그의 말을 믿게 했고, 그리고 그의 깊은 역사인식과 높은 자존감은 '전생론'을 확신케 만드는 데 좋은 근거가 됐습니다. 가까운 자리로 옮겨 앉으며 덕담 겸 내가 물었습니다.

"여기 Lalo가 퍽 좋으신가 봅니다."

"예, 가깝고 조용하고요. 어쩐지 내 고향과 비슷합니다. 산도 골짜기도 물도. 아 바람도."

"사람은요?"

내가 좀 짓궂게 물었으나 그는 부답인 채 조금 웃더니 대신 머크잔을 치켜들며 "아직 이렇게 좋은 커피를 만난 적이 없습니다" 라고 다른 대답을 했습니다.

  침묵이 흘렀고. 나는 분위기를 바꾸려 창밖을 보며 억세게 퍼붓는 장맛비를 불평했습니다.

  "벌써 며칠째인지 모르겠습니다. 도통 햇빛을 볼 수 없으니. 이런 비는 어디에도 도움이 안 됩니다. 간혹 쓸데없는 물난리나 일으키지요"

  "곧 그칠 것입니다. 광풍은 아침 내내 불지 않고, 폭우는 종일 내리지 않습니다."

  그리고 그는 하얀 물안개가 피어 오르는 호수의 중심을 유심히 내려다보았습니다.

  "물을 원망하지 마십시오. 물은 만물의 어머니입니다. 그리고 선량합니다. 만물은 모두 높은 곳을 향하는데 물은 낮은 곳으로 향합니다. 만물은 쉬운 곳 만을 찾지만, 물은 위험한 곳만 찾고. 만물은 깨끗한 곳에만 거하지만, 물은 더러운 곳에도 거침없이 거합니다. 물은 부드럽지만 굳건한 것을 이길 수 있습니다. 세상의 어떤 것도 물을 대신 할 수는 없습니다."

  문득 그의 상선약수(上善若水)라는 '도덕경' 8장의 말씀이 떠올랐다. 물이 만물의 근원인 것은 알겠으나 너무 과한 것이 문제 아니겠는가. 그는 빙그레 웃으며 내 얼굴을 봤습니다.

  "모든 사물은 때로 덜어내야 더해지기도 하고, 때론 더해도 덜어지게 됩니다. 흐르는 물도 그렇지만, 배움 또한 그렇습니다. 많이 배우면 속임수가 늘어나고, 도(道)는 높아질수록 속임수가 줄어듭니다. 줄어들고 줄어들면 '무위(無爲)'의 경지에 이르게됩니다."

그의 앞에서 나는 어린아이 같다는 느낌이 들었습니다. 그는 내가 가슴에 숨기고 있는 모든 것을 꿰뚫어 보는 듯했습니다. 이때다 하고 나는 그의 약점 하나를 공격하고 싶어

"무위라 하셨습니까? 공자도 말했듯이 제 먹을 것도 챙기지 못하는 무위는 게으름 그것 아니겠습니까? 무위도식(無爲徒食)!"

나는 겉으론 엄숙했지만 속으론 미소를 지었습니다. 그리고 그의 구차한 변명을 기다렸습니다. 순간 그는 천천히 일어나 허리를 굽혀 창밖으로 머리를 조금 내어 놓았습니다.

무얼 찾고 있는가?

이윽고 그가 물 위를 유유히 떠다니고 있는 오리 가족 하나를 발견하고 손가락으로 가리켰습니다.

"저것이 어떻게 보이십니까? 유유자적(悠悠自適). 거의 움직이지 않는 듯 보이지요. 푸른 뒷산과 안개에 싸인 비내리는 호수, 그리고 유영하는 오리 가족! 참 보기좋은 자연(自然)입니다. 그렇습니다. 이것은 아무도 만든 사람이 없습니다. 모두가 자연히 만들어진 것, 이것이 '무위'입니다. 그러나 한번 상상해 보십시오. 물속에 잠긴 저 오리들의 다리를! 아마 있는 힘을 다해 지금 부단히 움직이고 있을 겁니다. 그래야 존재하니까요. 아무 것도 하지 않는 것처럼 보이지만, 안 하는 것 없이 다 하는 것. 그것 또한 '무위'입니다."

 나는 이제 그에게 더 이상 묻고 싶지 않았습니다. 공부없는 대화는 무의미 했습니다. 마침 그는 일어서려 했습니다. 책을 집어 들었습니다. 헤겔의 『역사철학』이었습니다. 그는 처음으로 진지하게 내 이름이 무어냐고 물었습니다. 나는 부끄러운 듯 대답했습니다.

 "백성이라 부릅니다."

 "한번 이름으로 불려지면 이는 보통 이름이 아닙니다. 이제 최소 내가 알고 있는 이름이 됐으니까요. 알게 불리워진 이름(有)은 그냥 이름이 아닙니다. 무엇이든지 만들 수 있는 사물이 됩니다. 만물의 어머니가 될지도 모릅니다."

 갑자기 가슴이 써늘해지며 온 몸에 전율이 돌아 났습니다. 이것이 원교 시인이 말한 뼈 속을 파고드는 '황홀'감 같은 '이성적 오르가즘 효과'란 말인가. 나는 그를 좀 더 붙들고 싶었으나 그는 벌써 출구를 나서고 있었습니다.

 비가 억수같이 퍼붙는 숲 길을 그는 우산도 없이 유유히 걸어내려 갔습니다. 아무 거침이 없었습니다.

 어쩌나 이제야 그와의 만남이 시작인 것을! ✯

사과나무 영혼에 대하여

문철이 부친 문상을 마치고 어두워지는 영주행 935지방도로를 달려가며, 길 양쪽으로 아직도 흰 눈을 뒤집어쓰고 깊은 동면에 빠져 있는 사과밭을 바라본다. 풀죽어 길게 늘어서 있는 키 작은 사과나무들. 뼈다귀처럼 앙상한 가지가 세차게 불어오는 바람에 크게 흔들리고 있다. 긴 침묵이 흐르고 그 침묵 속을 사과나무 영혼에 대한 말들이 오고갔다.

"정말 사과나무에 영혼이 있기는 한거야?"

소주 몇 잔에 얼굴이 불콰해진 시인 원교가 차 뒷시트에 몸을 깊숙이 누이고 물었다. 운전대를 잡은 내가 거들었다.

"글세, 문철이 어르신이 그랬다니 거짓말이야 하셨겠니. 맑은 사과나무의 영혼이 가을 사과 열매를 빨갛게 물드린다는 거 맞을거야."

"미치고들 있네. 사과나무 영혼이 사과를 붉게 물드린다고? 이것들이 무얼 헛 배웠나. 그건 인마 햇빛과 산소의 광합작용으로 붉은 물이 드는거야. 사람에게도 있는지 없는지 모르는 영혼이 무슨 사과나무 따위에 있겠어."

과학도인 우성이 버럭 큰 소리를 냈다.

그 어른 평생 사과농사만 지었다는데 어디 거짓말이야 하셨겠냐. 문철이 어릴 때는 여러 번 사과나무 영혼들과 마주치기도 하고 이야기도 나누었다고 옛날 얘기처럼 들려주셨다는데, 들었냐!

전지를 심하게 한 날이나 꽃눈이 맥없이 바람에 떨어져 나간 그런 날에는 틀림없이 한밤중 낮은 울음소리가 들렸다고. 끊겨 나간 가지들과 떨어져 나간 꽃잎들을 내려다보며 눈물 흘리고 있는 사과나무들을 바라볼 때마다 잠을 잘 수 없어 밖으로 뛰쳐나와 같이 부둥켜 안고 운 날이 어디 한두번 뿐이었냐고.

그러나 그것이 다 제 큰 나무 세력을 키우기 위해서란 걸 스스로 안 뒤에는 애써 슬픔을 억누르고 지나가는 바람의 팔을 붙들어 남은 가지를 다독이기도 하고 햇볕 좋은 아침이면 새들의 둥지를 두드려 늦잠을 깨우기도 하더라고.

큰 열매를 얻기 위해 빛을 좀 더 잘 들게 하려 작은 열매들를 솎아낼 때면, 몸을 부르르 떨면서 수천의 잎사귀를 헤집어 그 중 하얀 달빛이 새겨진 신성한 잎 몇 개를 떨구어 포근히 덮어주며 의연히 죽어간 제 새끼에게 들려준 말이 너무 애절하고 깊숙해 돌아서 눈물 흘린 적이 여러 번 있었다고.

문철은 내려다보며 빙긋이 웃고 있는 아버지의 영정 앞에서, 걱정 마시라고 아버지 영혼을 제일 큰 사과나무 밑에 수목장으로 모시겠다고 여러 번 다짐했다.

"그래 사과나무 영혼과 사람 영혼이 만나면 어떻게 되는거야? 사람이 사과나무가 되나 아니면 사과나무가 사람이 되나."

깜깜한 하늘에 유성처럼 흩어지는 눈송이 몇 개를 보며 내가 물었다.

"저승에서는 아마 사과나무가 사람을 키울지도 모르겠다. 그리고 가끔은 되묻기도 하겠지. 그래 잘난 너희 사람들은 무엇으로 사과를 붉게 물드리냐고? 사람에게도 우리처럼 햇빛 속 맑은 이슬 같은 영혼이 있기는 한거냐고."

원교의 말이 한 편의 시처럼 내 가슴에 오래 남아 있었다.

차가 영주 시내를 벗어나 풍기로 가는 고속도로를 올라섰을 때, 저녁 뉴스는 11살 딸을 미라로 만든 비정한 목사 아버지의 살인사건을 전하고 있었다.

"야 라디오 꺼! 그리고 차나 빨리 몰아. 140K로 2시간은 달려야 이 눈을 피할 수 있어. 고속도로에서 눈 속에 갇혀봐

라. 영낙없이 크지도 못하고 얼어 죽은 사과나무 귀신이 될
거야. 에잇 사과나무만도 못한 놈들!"

　우성의 목소리는 반이 울음이다. 이미 앞이 안 보일 만큼
함박눈이 퍼붓기 시작했다. 길이 풋 사과꽃 떨어져 하얗게
덮혀 있는 듯 조심스러웠다. ✦

죽은 자들과 탱고를*

그를 충격에 빠뜨린 것은 인간으로서의 죽음이 아니었다. 사실 그는
인간으로서의 자신은 절대 죽지 않을 거라고 확신했다. 다만 그가
충격에 빠졌던 것은 '육체적'으로 죽을 거라는 생각 때문이었다.
— 셸리 케이건의 「죽음이란 무엇인가」 중에서

1

거기에서는 11월이 죽은 자들로부터 시작된다.

바람이 검은 구름을 몰고와 태양을 가리고 새들도 무리지
어 지나며 무덤을 덮는 시간. 마른 낙엽이 부적처럼 일어나
이리저리 울부짖고 벽에 걸어 논 달력마저 마지막 한 장이
남아 깊은 아쉬움에 젖어들 때쯤, 그렇지 아직 땅 밑은 얼음
이 얼지 않아 부드러운 흙을 갖고 있을 이맘 때쯤, 죽은 자들
은 비로소 기다렸던 귀향을 준비한다.

무거운 관 뚜껑을 미는 힘으로 오랜만에 하늘을 본다. 먼
지 속 부서지고 흩어진 뼈다귀를 모아 사람 형상을 만들고
곱게곱게 싸 간직해 두었던 두 눈과 귀를 찾아 붙이고 하늘
에 맡겨 놓았던 영혼도 찾아오고, 아직도 길을 헤매고 있는
혼백을 불러들여 장착하면 서서히 살아나 영상처럼 떠오르

는 그리운 옛 기억들.

희미한 모습의 산이 보이고 휘돌아 흐르던 실개천. 조잘거리던 우물가 한쪽 버드나무 밑.

제가 낳고 살았던 곳. 산 자들이 남아 지금도 오손도손 살아가고 있는 곳.

죽은 자들은 그 곳을 향해 일년에 한번 먼 길 떠날 준비를 한다.

천수를 다했던 할아버지는 신분차별 없는 믹트란에 살면서 그동안 모아두었던 아이들에게 들려줄 재미있는 이야기책을 가방에 넣는다.

암으로 세상을 떠나 뜰라로깐에 살고 있는 작은 삼촌은 그곳의 맑은 물과 푸른 밭의 신선한 과일을 한아름 준비한다.

출산 중 세상을 떠난 큰숙모는 또나띠우월위악에서 자라고 있는 젖나무의 향기로운 우유를 준비하고, 얼마 전 깽과의 전투에서 전사한 사촌형은 화살나무 잎으로 만든 피리로 파랑새 우는 소리를 벌써 며칠째 연습중이다.

불길에 휩싸인 아이를 구하려 뛰어들었다가 순직한 소방관 막내아우는 아이들이 제일 좋아하는 장난감 불자동차를 벌써 여러 개 조립해 놓았다.

일찍 세상을 뜬 아이들은 황금색 날개옷을 입은 천사가 되어 머리에 뿌려줄 노란 꽃가루를 준비하고 모처럼의 나들이에 들떠 있다.

산 자들도 죽은 자들을 맞을 준비에 바쁘다.

죽은 자들이 올 길 위에 마리골드를 뿌려 향기로운 꽃길을 만들고 할아버지와 삼촌이 좋아하는 데킬라를 준비하고 숙모와 아이들을 위해 초코릿파이를 굽고 해골사탕을 만든다.

노랗게 핀 금잔화로 비석이며 무덤을 장식하고 해골 모양의 촉대와 그릇들도 준비한다.

함께 노래 부르기 위해 키타, 드럼도 가져오고 죽은 자를 위한 가장 화려한 탱고 의상도 마련한다. 머리에 꽃을 붉은 깃털도 준비한다. 그리고 그들처럼 모두 해골 형상을 하고 검은색, 검은 무늬의 모자와 옷으로 치장하고 나면 마치 죽은 자들이 사는 땅 속처럼 빛이 없는 어둠 속에서 그들과 똑같은 하루를 사는 것 같다.

2

스산한 바람에 떨어진 낙엽이 쓸려가는 11월 첫 날.

죽은 자를 기다리는 가족들은 무덤가에 모여 달이 뜨기를 기다린다.

희미한 달빛 속에서 무덤이 갈라지고 해골 모습의 죽은 자들이 하나 둘 걸어 나온다.

반갑게 맞아 얼싸안고 그동안 있었던 안부를 전하며 변해가는 고향 모습을 들려주고 새로 가족이 된 이들을 소개하고 홀쩍홀쩍 커가는 아이들의 재롱을 같이 이야기한다.

죽은 자들은 궁금한 것들을 물어보고 산 자들은 크게 떠들며 재미있게 대답한다.

저승에서 준비해온 책이며 과일, 청정한 우유와 맑은 물 등 소중한 선물을 한아름 안긴다.

산 자들은 준비한 음식을 나누어주며 데킬라를 마시고 오래 연습한 연주와 노래를 들려준다. 즐거운 만남은 끝을 모르지만 달이 기울어질 때쯤, 산 자와 죽은 자는 손에 손을 맞잡고 탱고 가락에 흥겨운 춤판을 벌인다. 숨이 목에 차고 땀이 배어 지쳐오면 이제 미명 속으로 죽은 자들은 하나 둘 떠나며 다시 만날 날을 기약하고 아쉬운 작별을 고한다.

그저 일 년, 어찌보면 잠시의 이별인 것을.

'이봐 죽음이 두려운가? 아니오.

그럼 무엇이 그렇게 두려운가 죽어가는 과정인가……

나는 그것마저 두렵지 않네. 그러면 아무 두려울 것이 없다는 말인가?

아니, 나는 정말 두렵고 두려운 것이 꼭 한 가지 있지. 대체 무엇이……?

아! 사랑하는 나의 가족과 영원히 작별하여야 한다는 사실이.

진정 헤어짐은 나의 이별이자 또한 그들의 이별이기에 슬프다네.

죽은 이별의 깊은 곳에는 잊혀짐의 그림자가 더욱 어둡게 자리잡고 있기 때문에.**'

이승과 저승이 하나 된 현장. 삶과 죽음이 만나 벌이는 탱고축제.

살아 있는 것은 순간, 그러니 어찌 죽음이 그리 허무한 끝이 될 수 있겠는가.

일 년에 한번 산 자와 죽은 자가 만나 함께 탱고를 출 수만 있다면 죽는다 해도 그리 슬플 것도 외로울 것도 없을 것이다.

남는 사람은 즐겁게 추억을 기리고 떠난 사람은 편안하게 이별을 맞을 수 있는 죽은 자들을 위한 그들만의 위령제의(慰靈祭儀).

그 날이 슬픔 아닌 기쁨이 넘치는 즐거운 축제일인 것은 그들 마음, 우리네 마음 무엇이 그리 다를 게 있겠는가.

다만, 우리는 가끔씩 모여 죽은 자들의 추억을 씻어내기 위해 떠들고 마시고 밤새도록 화투짝을 두들겨 보기도 하지만 그러나 그뿐.

죽은 자들이 보내는 다정한 미소를 등 뒤에 느끼며 돌아서면 산 자들은 또 다른 산 자들을 죽이는 살벌한 싸움터로 나서야 되지 않는가.

죽음! 슬픈 이별보다 그 긴 잊혀짐의 그림자를 모른 채. ✸

---

*할로인이 끝난 11/1-2일까지 멕시코의 "죽은 자의 날 축제(Dia de los Muertos)".
　그들은 죽은 영혼이 일년에 한번 이승의 가족을 만나기위해 온다고 믿는다. 해골 분장을 하고 망자를 맞는다. 죽음의 탱고는 축제의 하이라이트. 유네스코 세계문화유산의 하나.
**독일 시인 클롭슈투크의 시 「이별」 참조

생존 확인서(Attestation d'existence)

한때 프랑스에서 일하며 낸 세금으로 현재 노령연금을 수령 중이다.

별로 많이 주지도 않는다. 낸 세금에 비하면 그 보유년한이나 수익율을 감안하여 정말 형편 없는 수준이다. 아마 우리 국민연금의 1/3쯤 될 것이다. 살 만한 나라에서 왜 그러나 따져보고 싶지만 따져서 될 일이 아니다. 나는 외국인 아닌가. 만일 우리 국민연금에 가입했었다면 훨씬 더 좋은 환경에서 더 많은 수익도 챙길 수 있었을 텐데……

그런데 얼마전부터 이 연금수령에 느닷없이 요상한 이름의 생존 확인이 의무화되었다.

실종자도 아닌데 살아 있음을 확인하라는 것이다. 물론 부정기적이고 돌발적이다. 짐작컨대 아마 수혜자가 사망하였음에도 불구하고 가족들이 그 사실을 숨기고 연금을 계속 타

먹던 것이 적발되어 이것이 빌미가 되었을 것이다.

더욱 이상한 것은 그 확인도 남의 나라 관공서는 안 되고 오직 주재 프랑스 대사관에 출두하여 살아있는 현신을 보여주고 자국 영사의 확인을 받으라는 것이다.

만일 병이 나거나 원행으로 해서 기간내 확인서를 보내지 못하면 늦은 그만큼 연금 수령액에서 공제를 당한다. 재정을 아끼기 위한 기발한 착상이 정말 프랑스답다.

다른 이들은 모르겠으나 나는 이것만 받으면 기분이 몹시 상했다.

국가를 속이는 사기꾼 같이 취급되는 것도 불쾌한 일이지만 이들이 속으로 내가 얼마나 빨리 죽기를 바라고 있으면 이런 일방적이고 이기적인 발상를 하고 있겠나 싶어 스스로 언짢아졌다. 까짓 안 해 버릴까 생각도 해 봤으나 공짜 좋아하는 아내의 무차별적 가계 경제상 실효성 고집에 어쩔 수 없이 따르곤 했다.

'너는 아직 살아 있느냐? 살아 있다면 너의 목숨을 확인받아라. 그나마 이런 알량한 떡값이라도 오래 받아 먹으려면' 이 거역할 수 없는 명령 앞에서 복종할 수밖에 없는 내 가난한 현실이 서글프다.

가까스로 영사와 마주 앉았다.

그들은 전략상이겠지만 확인 절차가 몹시 까탈스럽다. 일주일에 단 하루, 그것도 오전만 이 확인 업무를 본다. 조금만 늦어도 아예 문을 열어주지도 않는다.

확인서 빈칸을 채워 책상 위에 올려놓고 두 손을 가지런히 모으고 그이 얼굴을 쳐다본다.

"살아계셨군요?"

비쩍 말라 꼭 샤또디프 감옥의 몬테크리스트 백작 같이 생긴 수염투성이의 젊은 영사가 실망의 눈빛으로 묻는다.

"보시다시피."

슬며시 웃음을 지으며 보란듯이 얼굴을 그이 가까이 들이민다. 그리고 허리띠를 느긋하게 풀러놓고 대결 자세를 갖춘다.

'잘 봐라. 미안하지만 아직은 멀쩡하고 또 그렇게 쉽게 죽을 것 같지도 않지 않으냐?'

그렇게 얘기하고 싶은데 오늘따라 불어가 영 따라와 주지 않는다. 잘 들리지도 않고,

"혹시 그동안 새로운 직업을 가졌거나 가족 사항이 변경된 것은 없습니까?"

얼른 못 알아 들었는지 내가 미적미적 바로 대답하지 않자 옆에서 정 여사가 나선다. 그녀는 영사의 한국인 비서다.

"선생님! 예를 들면 혹시 다른 수입이 있으시거나, 이혼을 하셨거나 아니면 어린 손자가 입양이라도 됐다거나 뭐 그런 거……."

웃긴다. 무슨 이 나이에 취직도 그렇지만 이혼이라니…… 우리 마누라는 내가 그렇게 싫어도 더 애를 먹이기 위해 절대 이혼은 않는다고 했다.

"다른 직업, 또는 이혼이나 미성년자 입양은 연금액에 변화를 주는 중요 사항입니다."

답답했던지 정 여사가 부연 설명을 했다. 그럴 것이다. 그런 것이 꼭 필요도 할 것이고. 그러나 어떡하나 지금까지 하나도 변한 게 없으니.

"직업도 없고 이혼도 안 했오, 아이는 물론 없고……."

대답은 했으나 그런데 내가 왜 이런 심문을 받고 있어야하나 은근히 뱰이 꼴린다. 실없는 장난기도 발동하고.

"새 직업이라. 그렇지 그게 직업이 될 수 있을지는 모르겠는데, 나 그동안 시인이 됐소."

영사의 얼굴 빛이 순간 반짝 빛났다.

"오, 시인? 그래 수입이 괜찮으십니까?"

봐라. 뭐 눈에는 뭐만 보인다고. 오직 영사 눈에는 예술 대신 돈 되는 것만 보이는가 보다.

"수입이라. 돈 잘 버는 시인 봤소? 프랑스 시인들은 돈 잘 버는 모양이지요. 나는 내 돈 써가며 시 쓰고 있어요. 시집도 자비로 내고 낭송회도 자비로 가고. 이럴 때는 문화적으로 발전한 나라에서 이런 가난한 시인들 좀 도와주면 좋을 텐데 말이요."

도와달라는 말 때문인지 영사는 시 얘기는 영 흥미가 없다. 시인의 가난이야 거기나 여기나 무엇이 그리 다르겠는가.

"그런데 아직은 아니지만 앞으로 장담할 수 없는 것이 딱한 가지 있소. 그 이혼 말이요. 나와 마누라의 사이가 요즘 계속 나빠지고 있으니까……."

그제야 영사의 얼굴 빛이 조금 밝아진다.

"아 그러세요. 만일 이혼이 되시면 즉시 신고해 주셔야 합니다. 부양 가족 수 변경은 대단히 중요한 사안이니까요, 만일 해태 시에는 벌금에 처해집니다."

영사는 은근한 협박도 잊지 않았다. 정말 갈수록 태산이다. 이들은 외국 연금 수혜자의 조기 죽음은 물론 부부의 이혼까지도 걸 기대를 하고 있으니…… 그저 제 나라 재정사정만을 위하여 눈물겹도록 일하는 그들을 보면서 우리 공무원들의 업무 태도가 생각났다.

그게 어디 자기들 위한 일이지 손톱만큼이라도 나라를 위한다는 생각으로 일하는 사람이 있었던가 말이다.

영사는 기대감이 생겨서였는지 웃으며 왼손으로 사인을 했다. 프랑스엔 이런 좌파가 많다.

확인서를 받아들었다. 이제 얼마동안은 별 볼 일이 없을 것이다. 털보숭이 영사 얼굴에다 '오르브아' 소리를 냅다 질렀다. 그리고 대사관 철문을 힘껏 밀어 젖히고 빠른 걸음으로 계단을 내려왔다.

'걱정 마라. 나는 절대 죽지 않는다. 물론 이혼도 안 한다. 백살까지 살고 싶다. 그 연금 아까워서 어떻게 죽을 수 있겠나. 악착같이 살아야지. 생존 확인에 저들이 스스로 넌덜이 낼 때까지.'

배가 고프다. 오늘 점심은 어디가서 저들 돈으로 괜찮은 '에스카고'나 먹어볼까. 건강하게 오래오래 살기 위하여. ✿

제야除夜 한 시간 전

연일 계속되는 술모임. 한해의 끝은 언제나 긴 술의 터널을 지나야 했다. 빨리 그 어둠에서 벗어나고 싶었다. 죽도록 뛰어 땀으로라도 숙취를 밀어내야 그나마 맑은 정신으로 새해를 맞을 수 있을 것 같았다.

헬스장 '헤밀턴'은 한산했다. 넓은 플로어에 오직 한 사람만 뛰고 있었다. 큰 키, 긴 머리. 각진 얼굴이 헬쑥해 보였으나 준수했다. 그이 옆으로 다가갔을 때, 그는 내게 눈길조차 주지 않았다. 땀을 흠뻑 내고 머신에 속도가 줄어갈 즈음 나는 TV를 켰다. 화면 가득 검붉고 굵은 자막이 떠올랐다.

'조금류 3000만 마리 살처분!'

그리고 검은 구덩이 속으로 수많은 날개들을 쏟아붓고 있는 트럭이 보였고. 하늘은 찢겨진 날개들로 하얗게 덮여 있었다. 대형 굴삭기들이 달려들어 재빨리 흙을 퍼부었다.

그가 혼자 나지막하게 중얼거렸다.

"삼천 만 마리. 날것들의 씨를 말리는군."

"살려면 죽여야 합니다. 형씨는 혹시 AI를 아십니까?"

"모릅니다. 인공지능은 좀 알지만. 그러나 이건 너무 참혹한 짓입니다."

그가 고개를 내저으며 몸을 부르르 떨었다. 내가 또 물었다.

"두려우십니까?"

"아니요. 보시다시피 나는 날개가 없으니까요."

"그렇군요. 날개가 없군요."

맞다. 그에게는 날개가 없다. 그의 깡마르고 앙상한 어깨 어디에도 날개 같은 것은, 아니 돋아났던 자국 조차도 찾아볼 수가 없다.

안개 자욱한 사우나에서 그는 귀퉁이 한쪽에 부끄러운 듯 몸을 웅크리고 앉아 있었다. 벗은 몸에 땀이 비 오듯 했다. 그는 아무 말이 없었다. 마치 전시된 조각품 같았다.

내가 그의 몸 어딘가를 슬쩍 훔쳐 볼 때마다 그는 무의식적으로 몸을 가렸다. 수줍어하는 그가 재미있어 그를 놀려주려 오른쪽 하복부에 있는 큰 수술자국을 뚫어져라 한참을 쳐다보았다. 눈길 때문이었는지 그가 묻지도 않는 말을 했다.

"오래전 간암 수술을 받았습니다."

"아아 네……."

그리고 그는 금방 얼굴이 흐려졌다.

"날개를 주고 간을 샀습니다."

나는 깜짝 놀랐다. 장기이식을 했다는 말인가.

"간 제공자는 날개를 갖더니 얼마 못 가 날지도 못하고 떨어져 죽었습니다."

"……?"

"나는 지금 그의 간으로 살아가고 있습니다."

"그럼 원래 날개가 있었습니까?"

"네. 어차피 내겐 조금 부담스러웠으니까요. 오히려 잘 된 일입니다."

돌아서 나가는 그의 비쩍 마른 등 뒤 흘러내린 머리에서 가물가물 김이 피어 올랐다.

그와 나는 샤워를 끝내고 옷을 갈아 입었다. 그는 후드에 누런 토끼털이 달린 흰 파카를 입고 있었다. 그리고 예쁘게 포장된 선물상자 하나를 옆구리에 끼고 있었는데 그가 신발을 신을 동안 내가 그 선물상자를 들어 주었다. 가벼웠다.

"오늘 딸애를 만나러 갑니다."

"포장이 이쁘네요. 얼마나 좋아하겠어요."

"모두들 그 애를 천사라 부릅니다. 그래서 날개가 달린 천사 옷을 샀지요. 이걸 입으면 아마 그 애는 어디든지 훨훨 날아다닐 수 있는 진짜 천사가 될지도 몰라요."

"그래요. 아이들은 종종 그런 꿈을 꾸니까요. 아빠를 얼마나 고마워하겠어요."

"딸애는 말을 못 합니다. 그러나 조금만 웃어도, 얼굴이 흐려져도 나는 다 알아 듣습니다. 나는 그 애의 아빠니까요. 내일이면 그 애는 5살이 됩니다. 아, 벌써 5살짜리 아빠가……."

"엄마는……?"

그는 고개를 저었다. 애써 웃으려했지만 눈 속 가득 그렁그렁한 눈물이 고개만 숙여도 곧 쏟아질 것만 같았다.

그와 '헤밀턴' 앞에서 헤어졌다. 그가 군중 속으로 빠르게 걸어 사라졌다.

종각역 1번 출구를 막 내려갔을 때 어디선가 갑자기 시끄러운 소리가 들렸다. 사람들이 한 사람을 잡아놓고 경찰을 부르라고 소리, 소리치고 있었다. 사람들 머리 너머로 들여다보고 나는 깜짝 놀랐다. 흰 파카의 그가 빨간 구호냄비 구세군에게 붙잡혀 곤혹을 치르고 있었다. 그러나 더욱 이상한 것은 이 와중에도 그는 태연히 선물상자를 부둥켜 안고 마치 좌선하는 부처처럼 조용히 앉아 있다는 것이다. 내가 사람들을 밀치고 다가갔다.

"무슨 일입니까. 이 사람이 무얼 잘못 했습니까?"

그때 군중들 속에서 고함소리가 들렸다.

"저런 놈은 경찰에 신고해야 돼. 아니 적선은 못할망정 구호냄비에 손을 넣어. 그래 할짓이 없어서 그런 짓을 해. 에잇 나쁜놈!"

그가 구호냄비에 손을 넣어 구호금을 훔쳤다는 것이었다.

내가 그에게 물었다.

"형씨. 정말 구호냄비에다 손을 넣었습니까?"

"네."

나는 아연했다. 괜한 참견을 했나. 후회 막급이었다. 그러나 그는 이어서 또렷이 말했다.

"나는 다만 내 것을 도로 찾으려 했을 뿐입니다."

그가 지나가며 얼마인지는 모르지만 가진 것을 모두 냄비에 넣었는데 막상 지하철 요금을 내려니 돈이 하나도 없더라는 것이다. 그래서 그는 달려와 차비만 도로 찾아가려 했을 뿐, 다른 생각은 조금도 없었다고 말했다.

"누가 믿겠어. 믿을 놈이 없지."

모두가 수군대며 그를 의심했다. 그때 내가 말했다.

"그럼 우리 저기 있는 CCTV 라도 한번 돌려 볼까요. 이 사람이 구호금을 정말 넣었는지 안 넣었는지?"

아무 대답이 없었다. 내가 얼른 그의 어깨를 감싸안았다. 그리고 군중들을 헤치고 지하철 입구까지 빠른 걸음으로 그를 데려갔다. 그는 순순히 따라왔다. 내가 그에게 얼마인가 차비를 건넸을 때 그는 아무 말없이 받았다. 잠시 눈가가 불빛에 반짝 빛났다. 선물상자를 소중히 끌어안고 그는 고개를 까닥했다. 소음 때문에 내가 큰 소리로 물었다.

"어디로 갑니까?"

"이어도까지 갑니다."

순간 나는 잘못 들었나 생각했다. '이어도' 어디서 들어 본

것도 같고 아닌 것도 같았다.

"그래요. 여하튼 조심해 잘 가시오. 딸이 무척 좋아할 겁니다."

그리고 나는 돌아서서 한참을 걸었다. 그때 갑자기 다급하게 쫓아오는 발자국 소리가 들렸다. 휙 돌아 보았을 때 숨을 몰아쉬며 그가 가까이 다가와 서 있었다.

"미안합니다. 미안합니다. '이어도'가 아니고 오이도로 갈 겁니다. 그애 집이 거기니까요."

나는 그제야 피식 웃었다. 다시 돌아가는 그의 등 뒤로 희고 투명한 날개가 퍼덕거렸다.

나는 종각역 계단을 다시 오른다. 수많은 인파가 강물처럼 흘러가고 있다. 앞서 가고 뒤따르고. 그리고 앞선 사람들 등 뒤에 커다란 날개가 하나씩 달려 있다.

이리저리 구겨진 날개, 누렇게 퇴색된 날개, 구멍이 숭숭 뚫린 날개, 찢겨져 너덜거리는 날개. 단 한 번만이라도 제 맘 대로 날아보지도 못 했을 그 큰 날개들을 그들은 왜 달고 다 니는 것인가? 날개와 날개가 부딪칠 때마다 빠진 깃털이 살 처리장 하늘에서처럼 흩날린다.

삼성생명 건물 뻥 뚫린 구멍이 TV에서 본 커다란 살구덩이처 럼 무섭게 다가선다. 전광판 시계가 11시를 알리며 빠르게 지나 갔다. 깜박깜박-2016.12.31.23:00. 드문드문 날리는 눈발. 흙 대신 서설瑞雪이 덮힐 것 같은 제야除夜 한 시간 전이었다. ✺

소설 기다리는 밤

휘영청 밝은 정월 대보름.

달이 조금씩 기울기 시작하는 새벽 2시. 앉은뱅이 책상 위에 잘 깎은 연필 두 자루. 눈처럼 흰 백지 몇 장 올려놓고 벌써 몇 시간째 묵상 중이다. 조용히 그분을 기다리는 시간.

어쩌면 이밤 지엄하신 그분은 내가 찾는 이야기 꾸러미를 들고 살며시 내려오실 것이다.

그리고 신내림처럼 들려줄 한마디. 그 오묘한 첫마디로 이 소설은 시작될 것이다.

졸음은 금물. 책상에 머리를 쳐박고 잠들면 절대 안 돼지. 맑은 정신으로 밤새 깨어 있어야 한다. 그래야 그분이 엮어내는 그 영롱한 비단 끝자락 어디쯤이라도 붙들 수 있을 것이다.

 슬쩍 창 틈으로 달빛 한 분이 들어와 책상 위에 내려 앉으셨다. 그분이신가.

 어디서 오신 누구냐 물어도 대답이 없으시다. 백지 위에 번지는 묽은 얼룩.

 무슨 말씀을 좀 하시지요. 얼른 실꾸러미를 양손으로 받아 들고 재촉해본다.

 그분이 실꾸러미를 풀어 옛 얘기를 들려주기만 하면 나는 웃다가 가끔 울다가 슬쩍슬쩍 받아 적어두면 되겠는데 오늘은 웬일인지 아무 말씀이 없다. 책상에서 내려와 내 등 뒤 방바닥에 베개 베고 누워버리신다. 눈은 뜬 듯 감은 듯 그저 나를 올려다보고만 계시는데.

 그런데 어디서 많이 본 눈빛. 옛날 백석이 쫓던 눈 속 겁에 질린 사슴 눈빛 같기도 하고, 조정래의 눈 덮힌 지리산 자락 이리저리 쫓기던 어린 빨치산의 슬픈 눈망울 같기도 한데 결국 내 친구 원교 시인이 사랑한 살구골 고양이 '린'의 붉고 큰 눈빛으로 보이고 마는 것 아닌가. 언젠가 등 뒤로 살짝 다가와서 나를 감싸 안고 그 무슨 이야기인가 들려주고 싶어 하던 그런 눈빛들! 그러나 나는 오늘 이런 마음 속 눈빛이 아니고 신들린 한마디, 그 오묘한 첫 말이 필요한데. 그분은 아직까지 입을 꼭 다물고 계시다. 그래 달빛이 좋은 대보름 오늘만은 이 달빛으로 풀어 보시려는가. 어쩌나 달빛은 벌써 이렇게 엷어져버렸는데……

그분이 풀어낼 달빛 이야기 속에는 눈 덮힌 원교의 살구꽃 동네에 계절 잊은 빨간 장미꽃이 피어날 것이고, 새로 만든 이야기로 파란 새집을 지으면 장화 신은 고양이가 걸어다니는 푸른 숲들도 보일 것이다. 하늘까지 올라간 키 큰 전봇대, 늘어진 전기줄에 나란히 앉아 있는 분필의 다람쥐 친구들. 웬걸, 또 다른 달빛 속에는 누런 황금 감이 주렁주렁 열린 감나무가 보이고 감자를 캐면 금실에 매달린 감자가 줄줄이 엮여 올라오던 시장골목 노래방 거기 어디쯤, 이야기가 끝없이 샘솟는 우물에서 물을 길어 올리면 서녘별 몇이 달빛에 달려 같이 올라오기도 할 것인데.

꿈속인가? 원교가 내려준 밧줄을 타고 내려간 우물의 밑바닥에는 수많은 방들이 있고 갖가지 아름다운 등불이 켜져 있다. 방마다 필름처럼 돌아가고 있는 희미한 과거. 끝방 등불 아래에는 꽃잎 모양의 책들이 펼쳐져 있고 7살 손녀 율하가 친구 앨리스와 함께 알파벳 글자들로 이야기를 만들며 놀고 있다.

깜박 졸다 눈을 뜨니 어느새 그분은 방바닥에 실꾸러미를 풀어놓고 벽에 기대 앉아 계신다.

오래 앉아 있어 허리가 아픈 나도 몸을 옆으로 구부리며 일어나 그분과 마주 앉는다.

물끄러미 서로를 마주 본다. 이심전심. 이쯤에선 한마디 해주시지요. 그러나 묵묵부답.

달빛에 서린 영롱한 색깔의 실타래들이 둥굴둥굴 오색구

슬 같은 글자들로 흩어지고 모이면서 이야기를 만들고 있다. 노란 글자를 잡으면 빨간 글자를 놓치고 다시 초록 글자를 잡으면 파란 글자가 떨어지는 알록달록 비단실 엮어진 글자판 방안을 밤새 헤매는 동안 그분은 벌써 가셨는지 보이지 않는다.

부옇게 밝아오는 창을 등지고 아직도 어두운 방안을 돌아보면 책상 위 깎아논 연필 두 자루, 하얀 백지는 여태 그대로인데 이우는 달빛 꼬리가 벽에 걸어논 내 낡은 바지와 패딩 잠바 위에서 묵은 때를 씻어내리고 있다.

이제 달빛도 오색 실타래도 온데간데 없고 덩그러니 빈 베개만 남았다.

아침 문 밖에서 들리는 힘 빼는 소리.

"여보, 무얼 아직도 쓰고 있어요?"

빛에 허물어지는 낮달의 미망. 지금도 나는 잘 모르겠다. 그분이 정말 왔다 가시기는 한 것인지 아닌지. ✐

*조재학의 시 「틈」에서 이미지 전용

해설 | **류재엽** 문학평론가

풍자와 시적 감성의 융합

1

소설이 짧아지고 있다. 장편은 800매 내외의 분량, 단편도 60매 정도의 분량밖에 안 되는 경우가 적지 않다. 소설가 김솔은 '짧은 소설'이라는 이름으로 36편의 작품을 묶어 『망상, 어』를 출판하였다. 기존의 단편소설과 비교해 3분의 1의 길이에 불과하다. 이밖에 이기호, 조경란, 차민석 등 여러 작가가 소위 '짧은 소설'로 이루어진 작품집을 간행하였다. 이들은 모두 40대로서 문단의 중견소설가로서 새 형식의 소설을 실험하고 있다. 소설이 짧아지는 경향은 독자의 기호와 맞물려 증가되는 추세를 보인다. 소설 미디어 등의 영향으로 요즘 젊은 독자들이 긴 호흡의 문장을 외면하기 때문이다. '짧은 소설'은 초단편(超短篇), 엽편소설(葉篇小說), 장편소설

(掌篇小說)로도 불린다.

엽편소설은 보통 구성의 단계 중 결말 부분을 생략하는 게 보통이지만, 초단편 소설집 『후후후의 숲』을 펴낸 소설가 조경란은 "소설에 발단, 전개, 위기, 절정, 결말의 단계가 있다면 초단편은 이 중 하나만 떼서도 쓸 수 있다."라고 말했다. 그러나 소설이 제 모습을 갖추기 위해서 발단이나 전개 부분만으로는 부족하다. 오 헨리(O. Henry)의 작품 대부분이 절정 강조법을 사용하고 있는 점도 우린 주목해야 된다.

시인 백성이 그의 첫 소설집 『번트 사인』에 실린 작품들을 '스마트소설'이라고 명명하였다. 여기에서 먼저 '스마트소설'이란 용어를 정의할 필요가 있다. '스마트소설'이란 장르는 원래 소설의 하위 갈래에 포함되어 있지 않다. '스마트'의 본뜻은 "쑤시는" 또는 "찌르는 듯한"이라는 의미를 가진 형용사이다. 그러나 미국에서는 "똑똑한, 영리한, 현명한, 재치 있는"이라는 뜻으로 주로 쓰인다. 요즘 한창 우리 생활의 편리한 기기인 휴대전화를 일컬어 '스마트 폰'이라고 말할 때의 '스마트'는 정보통신 용어이다. 이는 전화기가 소프트웨어나 하드웨어에 관한 정보처리 능력을 가지고 있다는 것을 의미한다. 종래에는 기대할 수 없었던 정보처리 능력을 휴대전화기가 가지고 있다는 말이다. 이는 지능화된 또는 지능형이란 뜻이기도 하다. 한편 스마트 폰을 사용하여 작품을 읽는다는 것은 작가와 독자 사이의 양방 소통이 가능하다는 장점을 가지고 있다. 얼마 전 황석영, 박범신 등의 작가가 컴퓨

터를 이용하여 소설을 발표하고, 독자의 의견을 받아 작품을 개작하거나 첨삭하기도 하였지만, 지금은 누구나 손안에 컴퓨터를 한 대씩 들고 다니는 시대이다 보니 독자의 반응을 즉석에서 작가에게 전달될 수 있는 시대가 되었다. 자연 이런 시대상황이 소설을 점점 더 짧게 만들고 있다.

작가가 말하는 '스마트소설'의 정의는, "보다 짧은"이나 "찌르는 듯한"과 "재치 있는"이라는 세 가지 측면을 모두 아울러서 말하는 게 아닌가 싶다. 그것은 이 작품집에 실린 작품이 주로 풍자의 기법을 사용하고 있고, 또한 그것이 대부분 콩트(conte)에 가까운 길이를 가지고 있다는 점에서, 그렇게 정의하여도 큰 무리가 없을 듯하다.

풍자는 아이러니를 사이에 두고 유머와 대조적인 위치에 있다. 유머가 상대방을 배려하려는 성격을 가진 데 비교하면 풍자는 공격적 성격이 강하다. 유머가 '소박한 웃음'을 그 밑바탕에 둔다면, 풍자는 자기 주장으로서 상대에 대한 공격적이고도 약간의 원한 감정을 띠고 있다고 보아도 별 무리가 없다. 따라서 풍자의 공격성은 '소박한 웃음'에 비해 음험성(陰險性)과 복합성(複合性)을 가지며 아주 날카로운 것이 그 특성이다. 역사적으로 보면 중세의 신흥계급인 지식인들이 지배계급인 귀족들에 대해 공격하는 형식이 바로 풍자의 기법이다.

문학에서의 풍자는 여유와 해학, 예술적 완성도가 전제되지 않으면 안 된다. 고대 로마의 호라티우스(Horatius)나 근세

의 하이네(H. Heine), 쇼(B. Shaw), 스위프트(J. Swift) 등의 작
품이 평가받는 이유는 이러한 조건을 모두 갖추었기 때문이
다.

2

백성의 스마트소설은 사회 전반에 걸친 병리들을 대상으
로 한다. 정치, 사회, 종교, 가정등에 걸쳐 관심 분야를 넓힌
다. 이는 작가가 얼마나 많은 현실의 부조리에 대해 얼마나
안타까워하고 그런 것의 척결이나 개선에 관심을 가지고 있
는가를 단적으로 보여주는 증거이다.「권력과 폭력 사이」는
현 시국과 관련된 실재인물들이 등장하는 작품이다. 팩트와
픽션이 교묘하게 연결되어 있다. 청와대의 W수석이 누군지
는 작품을 읽어보면 금방 알 수 있다. 주인공 '나'는 청와대
W수석의 아들이다. 나는 미국 유학 중 아버지에 의해 반강
제적으로 전투경찰에 입대한다. 아버지 W수석의 정치적 입
지를 위해 나의 병역의무가 필요했다. 나는 아버지의 '빽'으
로 현역 근무 중임에도 불구하고 1년에 외박 59일, 외출 85
회, 휴가 10일 등의 특혜를 받는다. 이런 사실이 언론을 통
해 세상에 알려진다. 당분간 부대 내에서 자숙하도록 권유받
지만, 나는 부대를 무단이탈한다.

아버지 귀국 종용에 보따리를 썼지만 나는 사실 그러고 싶

않았다. 나는 원래 이런 국내 체제에는 잘 어울리는 놈이 아니다. 나는 미국이 훨씬 좋다. 나처럼 소위 금수저 물고 나왔다는 놈들이 다 그렇지만 아무리 돈 있고 권력 있어도 이렇게 늘 눈부릅뜨고 소리 질러대는 나라는 영 체질에 맞지 않는다.

나흘 만에 부대를 몰래 빠져나온 나는 혜인이가 모는 포르테 쿠페를 타고 180km의 속도로 강릉을 향해 달린다. 혜인과 나는 NYU 동창이다. 맥주도 함께 마시고 춤도 추면서 여러 차례 육체적 관계를 갖던 사이였다. 여주휴게소에서 사복으로 갈아입었다. S호텔에서 나와 혜인은 블루스를 추다가 자연스레 진한 애무에 돌입했다. 그때 폭력배들이 나타났다. 그들은 나를 폭행하고 혜인을 어두운 구석으로 끌고 갔다. 몇 대 매를 맞은 나는 재빠르게 머리를 굴려 차고 있던 시계와 지갑을 내놓았다. 신용카드로 돈을 인출하려던 폭력배 하나가 내 통장에 잔고가 없음을 확인한다. 그놈들은 혜인을 감금하고 집에 연락해서 돈을 뜯어내려고 협박한다. 돈이 오기 전까지 혜인을 데리고 재미 좀 보겠다는 말도 한다. 아랫도리를 다 드러내놓고 널브러져 있는 혜인을 보고는, 절망 끝에 비상 스위치를 누른다. 눈을 뜬 것은 강릉경찰서에서였다. 혜인은 병원에 입원해 있다고 했다. 그때 형사 하나가 반장에게 와서 귀엣말을 한다. 서울 본청에서 이번 사건을 없던 일로 하라는 지시가 왔다고 했다.

나는 문득 가슴에 심한 통증을 느꼈다. 어제 정신없이 맞은 자리가 새파랗게 멍들어 가고 있을 것이다. 폭력이 지나간 사이로 또 하나의 폭력이 내려앉아 덕지덕지 오물을 뒤집어 쓰고 썩어 가고 있다. 나는 가슴을 안고 데굴데굴 굴렀다. 반장은 119를 부르라고 소리쳤으나 나는 크게 손을 내저었다. 이 아픔은 병원에 가서 나을 수 있는 그런 아픔이 아니었다.

이것은 아이러니다. 작가는 아이러니를 통해 아들이 폭력배로부터 집단폭행을 당하고 아들의 여자 친구가 능욕을 당해도 권력자인 아버지의 행보에 지장이 있어서는 안 되는 현실을 고발한다. 그리고 빗나간 권력은 폭력과 진배없다는 사실을 일깨워 준다.

「단식 기술자」는 아파트 건설에 따른 문제점을 파헤쳤다. 새로운 아파트 건설 문제를 두고 일조권 문제로 S시와 갈등을 빚던 기존의 H아파트 주민들은 시청으로 몰려가 집단시위하기로 의견을 모으고 그들의 앞에서 시위를 주도하고 여차하면 단식투쟁을 할 수 있는 인물을 물색한다. 그렇게 해서 찾은 사람이 해병대 출신의 '단식 기술자' 김치우다. 주민들은 김치우를 주민 대표로 선출하여 데모에 앞장서게 한다. 그는 단식의 대가로 하루에 100만 원을 요구한다. 어쩔 수 없이 주민들은 그의 요구를 들어주겠다는 계약을 한다. 김치우는 아파트 주민 대표의 자격으로 시위의 앞장에 서고 마침내 단식에 돌입한다. 단식 도중 그가 시 당국이나 공사회사

측으로부터 끊임없는 금전의 유혹을 받는다. 이젠 단식도 아마추어가 하는 시대가 아니라 프로가 해야 성공할 수 있다. 마치 옛날 양반가에서 상을 당했을 때, 대곡자(代哭者)를 사서 상가에서 울음소리가 그치지 않게 하던 양반네 풍습과 닮았다. 그러나 대곡은 고용자나 피고용자나 모두 단순한 거래와 단순한 행위로 얽혀진다. 그러나 '단식 기술자'는 '기술자'로서 성공보수를 받기 위해 치밀한 계산과 행동이 뒷받침되지 않으면 안 된다. 결과로 김치우는 2,000만 원이 넘는 보수를 챙긴다. 요즘 아파트 신축에 따른 주민과 관청 사이의 갈등이 적지 않다. 일조권과 조망권 보장, 공사 트럭의 왕래에 따른 교통난과 비산먼지 문제 등으로 주민들은 툭하면 시청으로 달려가서 집단행동을 벌이거나, 공사장으로 몰려가 공사 방해를 하는 것을 볼 수 있다. 이런 집단행동은 결국 금전적 보상으로 마무리된다. 이것 역시 큰 사회적 병폐 가운데 하나이다. 작가는 그런 사회적 비리에 대해 예리한 비판을 가한다.

이 작품과 작품 「엄니 꽃 구경가유」와는 연작이다. 두 작품을 한데 묶는다면 호흡이 긴 소설로도 가능하다.

「조계야담」은 조계사에 피신한 노조 간부가 스님과 '소'를 화두로 대화한 다음날 의경에게 자수한 사건을 제재로 한 짧은 작품이다. '소를 찾는 일(尋牛)'은 깨달음에 이르는 길이다. 그는 수배를 피해 관음진 4층에 숨어든다. 의경 버스가 사찰을 에워싸고 있다. 그는 면벽수행 중인 한 도법과 대화를 나눈다. 그가 "소를 찾는 중"이라고 하자, 도법은 "그런데 소를 타고 있으면 소가 잘 안 보입니다. 제 눈엔 보살께서 소 등에 올라타고 계신 것같이 보입니다. 소에서 내려오시지 요."라고 말한다. 이 말에 노조 간부는 정수리를 맞은 듯 번 쩍 정신이 든다. 다음날 그는 한 말단 의경에게 자수를 한다. 그러나 그는 경찰의 물음에 한사코 자수가 아니라 절에서 탈 출하다가 체포되었다는 진술을 고집한다. 그는 아직 소등에 서 완전히 내려온 게 아닌 듯하다.

「도사님 도사님 우리 도사님」 역시 풍자의 기법을 사용하 고 있다. 읽고 나면 실소가 터진다. 국회의원이 되기 위해서 는 남자 후보자의 마누라 힙이 예뻐야 되고, 여자 후보자의 경우엔 본인의 힙이 예뻐야 한다는 설정이 그렇다. 실명의 남녀 정치인들이 거론되지만 정치적 소설은 아니다.

3

백성의 소설에는 부모와 관련된 사건을 소재로 한 작품이 적지 않다. 「너무 꽁꽁 묶지 마라」와 「잡초를 위한 행진곡」은 아버지의 죽음과 관련된 것이고, 「세상 조용해서 좋긴 한데」 는 어머니의 난청이 소재다. 죽음은 이제 먼 후일의 얘기가 아니라 우리 주변의 일이다. 부모의 병환과 죽음이 새삼 실 감 있게 느껴지고, 죽음이 자연의 순환 가운데 하나라는 사 실도 깨닫게 된다.

「너무 꽁꽁 묶지 마라」는 아버지가 돌아가신 장례와 관련된 사건을 다루고 있다. 여기에서 돌아가신 망자의 말을 몇 개 인용한다.

"애야, 여기는 너무 높아. 이렇게 높은 곳은 처음이라 어지럽고 어쩐지 몸에 안 맞는 옷을 입은 것처럼 부자연스러워. 좀 내려가고 싶다."

망자는 빈소의 높은 상청 위에서 어지럽다며 내려가기를 원한다. 높은 곳이나 몸에 맞지 않는 옷은 망자를 위한 게 아니라 상주를 위한 것들이다.

"그런데 애야, 죽으면 편할 줄 알았는데, 왜 이리 피곤하냐? 온 종일 그 많은 사람이 몰려와 내 앞에 엎드려 절을 하곤 하는데, 나는 이제 절 받기도 지쳤어. 내 평생 이렇게 많은 사람을 만난 것도 처음인데 말이다. 아무리 둘러봐도 내 아는 사람은 하나도 없고 모두 생면부지의 초면들 뿐이니, 그래 이 많은 사람이 다 누구냐?"

여기서 작가는 망자의 말을 통해 장례식이란 망자에 대한 진정한 조의보다는 자식들의 사회적 지위와 교우관계에 따라 허례허식 위주로 치러지는 경우가 많음을 개탄하고 있다. 망자는 대전 고모와 국헌 씨가 보고 싶다고 말한다.

"야, 다 필요 없다 딴 사람은 올 것 없고 내 얼굴 아는 네 고모
나 친구 국헌이나 불러와 그리고 이젠 좀 쉬자 그동안 얼마나 고
달팠는데 아직도 이런 짐을 지우느냐 이제 어지간이 했으면 이
애비 좀 놓아주거라 나 이제 정말 쉬고 싶다 그리고 나 너무 꽁
꽁 묶지 말아라 그동안 여기저기 꽁꽁 묶여 숨 조이고 산 세월이
얼마인데 그래 죽어서도 손 발 꽁꽁 묶여 치매병원 가듯 그렇게
가야 쓰겠냐"

나는 장례사에게 부탁해 아버지 시신 묶지 않고 그대로 입
관해 달라고 한다. 예정된 5일장을 3일장으로 줄였다. 대부
분의 사람들은 자신이 죽은 후에 화장을 원하지만, 남은 이
들에게는 화염 속에서 재로 변해가는 시신이 얼마나 뜨거울
까를 생각하면 망설여진다. 작가의 큰 슬픔은 작품 곳곳에서
묻어나고 있으면서, 작가의 눈은 우리 사회 장례문화의 허례
와 허식을 꼬집는다. 돌아가신 아버지의 말은 실은 작가의
마음이다.

「세상 조용해서 좋긴 한데」는 어머니에 관한 기록이다. 어
머니가 갑자기 청력을 잃어버린 사건은 시작된다. 어느 날
어머니는 "큰애야 큰애야 워찌된 일이여 귀가 귀가 안 들려
야/적막강산이야 세상이 온통 적막강산"이라며 고통을 호소
한다. 어쩌면 이 시대는 말이 필요 없는 시대일 수도 있다.
훤소(喧騷)한 환경이 공해이기 때문이다. 작가는 말보다 침묵
을 아낀다. 그것이 귀가 들리지 않는 어머니로 형상화 되었

다.

그런데 이 작품은 소설보다는 시에 가깝다. 소설의 구성과정이나 구두점이 모두 생략되어 있다. 작품 전체가 지문(地文)으로 어머니의 독백 형식으로 되어 있다. 그 독백은 말 많은 세상을 노려보는 날카로운 눈이다.

4

이번 소설집에서 실린 것 중 작가의 역량을 가장 잘 드러낸 작품은 표제작 「번트 사인」이다. 원고지 20매 내외의 '짧은 소설'이지만 작가 개인의 건강한 현실 인식, 문학적 감성과 재능이 제대로 드러나 있다. 번트는 야구경기에서 자신은 죽지만 앞선 주자를 안전하게 진루시키기 위해 투수의 투구를 풀 스윙을 하지 않고 속도를 줄여 내야에 떨어뜨리는 타격행위를 말한다. 그래서 우리는 이것을 '희생 번트'라고 부르고 타율을 계산할 때 타격수에 포함시키지 않는다. 타자는 항상 공을 쳐서 안타를 만들기를 원하고 있지만, 감독 입장에서는 타자 개인보다는 팀의 승리를 위해서 반드시 필요한 '번트 사인'을 내고, 실패했을 때 타자를 질책하기도 한다. 이것이 나를 죽여 남을 돕는 희생의 한 방법이다.

주인공인 나는 신부다. 나는 강지구를 B호스피스 병원에서 만난 적이 있다. 그는 검사 출신으로 췌장암 3기 환자로서 죽음을 눈앞에 두고 있다. 그는 조용하게 마지막 삶을 정리하는 듯 보였다. 그는 통증이 심한 것도 무릅쓰고 야구 중계를 즐겼다. 그런 그가 내게 제비꽃 향기로 가득 찬 세상을 만들고 싶다고 말한다.

"이제 야구를 끊어야겠습니다. 야구는 인생의 축소판인데 이제 그것이 끝나가니까요. 아시겠지만 종착역을 기다리는 것도 즐거운 일이죠. 기대감도 있고요. 그러나 나는 그렇게 기다리고 있지만은 못하겠습니다. 시간도 없고요. 그래서 요즘 부지런히 제비꽃을 밟으려 다닙니다. 내가 제비꽃을 밟으면 제비꽃은 내 발 뒤꿈치에서 상처로 이그러지면서 짙은 향기를 냅니다. 맡아 보시겠습니까? 향기가 정말 좋습니다. 얼마 남지 않은 시간 제비꽃을 부지런히 밟으려 합니다. 그래서 나 없더라도 이 세상이 제비꽃 향기로 가득차면 얼마나 좋겠습니까?

어느 토요일 나는 청소년을 위한 미사를 집전하는 자리에서 강지구를 발견한다. 나는 청소년들에게 용기에 관한 강론을 한다. 힘센 아이에게 노상 괴롭힘을 당하던 약한 아이 하나가 힘센 아이에게 당당히 맞서 싸우다가 죽도록 매를 맞지만, 그 이후부터는 괴롭힘을 당하는 일이 없어질 수 있다는 내용이었다. 꼭 이기는 것보다 용기를 내어 자신을 희생함으로써 많은 동료를 살릴 수 있는 것이 바로 진정한 용기라는 요지의 강론을 했다. 강지구는 강론이 끝나자 어느새 사라지고 없었다.

그런 강지구가 살인을 했다. 그것도 옛날 검찰 동료인 변호사 홍만표를 수면제를 먹이고 동맥을 끊어버리는 수법으로 참혹하게 죽여버렸다. 홍만표는 한 해에 110억의 수임료를 챙겨 100채의 오피스텔을 구입하는 등 수사관의 말대로 '돈 지랄'을 하다가 강지구에게 살해당한 것이다. 살해 현장에는 제비꽃을 뿌려 놓았다고 했다. 수사관은 나에게 며칠 전의 강론 내용이 강지구에게 내린 '번트 사인'이 아니냐고 질문했다. 나는 그것이 진정한 '번트 사인'이길 바랐다. "맞습니다. 분명 내가 사인을 냈습니다. 그런데 타자는 지금 어디 있습니까?"라고 소리친다.

작가는 여기에서 우리 사회 전반에 걸친 부조리와 불합리에 관한 반응을 보여준다. 부조리는 정치, 경제, 사회에 만연되어 있다. 나는 이런 부조리에 대해 언제든 '번트 사인'을 낼 마음을 갖고 있다. 병든 사회에 못 견디는 건 강지구가 아니라 작가 자신이다. 소설가는 모름지기 사회적 병리에 대해 비판력을 지니고 있어야 진정한 사회소설을 쓸 준비를 마친 셈이다. 지난 한 해 우리 사회에 충격을 준 과도한 변호사 수임료를 챙긴 변호사에 대한 일종의 경고이다.

「혼자 김장 담그는 남자」는 가정에서나 사회에서 힘이 빠진 남자들의 하소연이다. 아내가 이태 전에 죽어 혼자 김장하는 그는 제대로 양념을 버무리지 못한다. 김장을 해서 딸들에게 가져가라고 했더니 "아버지 김치가 오죽이나 하겠느냐"며 아무도 가져가질 않는다. 그런 이야기를 들은 내가 나서서 김치 한 포기 얻어먹을 수 있느냐고 물어본다.

「어느 비오는 날의 삽화 2」는 '사진작가 K에 대한 작업기'라는 부제가 붙어 있다. 사진작가 K는 함께 시를 공부하는 모임에서 만났다. 나는 K에게 작업을 걸어볼까라는 생각을 한다. K의 모습이 마음을 끌었기 때문이다. 늘씬한 뒷모습. 청색 스키니 진이 어울리는 여자였다. 짧게 자른 머리, 높이 세운 Y셔츠 끝자락으로 허리를 질끈 동여맨 모습이 한편 선머슴같이 보이기도 했다. 비오는 날, 작은 파라솔을 들고 빗속으로 들어설까 망설이는 K에게 가까운 전철역까지 태워주겠노라며 동승을 권했다. K는 고맙다며 내 차에 올랐다. 집이 어디냐는 물음에 분당이라 대답한다. 나는 집이 수지이니 분당을 거쳐 가겠다고 했다. K는 카페에 올렸던 내 작품 「들꽃」을 화제에 올렸다. 문학적 감성이 여린 것으로 보아 처음엔 나를 여자라고 생각했던 모양이다. 나는 속내를 들킨 민망함에 음악 CD를 틀었다. 여성의 감성을 건드리는 샹송이었다. 더구나 비가 오는 금요일 저녁이 아닌가. 에디트 피아프의 노래가 나올 즈음에 우리는 음악에 관한 이야기를 나눈다. 내가 이브 몽땅을 좋아한다고 말하자 그녀는 이브 몽땅이 섭렵한 여자들~ 에디트 피아프, 시몬 시뇨레, 카트리느 뒤느브 등의 이야기를 꺼낸다. 그녀는 이브 몽땅의 노래는 좋아하지만 세계적 바람둥이라 싫어한다고 말한다. 그리고 그녀는 "백 시인도 바람 한번 피워 보실래요."라고 말한다. 그녀는 노회했다. 나는 "그래요! 상대가 당신이라면 바람 한

번 피우고 싶어요."라고 속으로 말했다. 그녀를 정자역 근처
에서 내려주었다. 그녀는 자신도 들꽃을 좋아해서 들꽃을 찾
아 사진을 찍는다고 했다. "그래서 들꽃을 사랑하는 선생님
이 좋아요. 시와 사진이 만나면 그럴 듯하지 않겠어요. 한번
기대해 보세요."라며 작별했다. 그녀는 들꽃과 같은 여인이
었다. 나는 K와 함께 예쁜 들꽃을 찾아 같이 한 번 길을 나서
야겠다고 마음먹는다.

　이밖에 비정규직의 비애를 그린 「여치소리」, 안정된 경제
적 생활을 갖지 못한 젊은이의 사랑 이야기 「아방궁 옆 아자
방」, 죽음의 의미와 삶에 의미를 천착한 「죽은 자들과 탱고
를」, 「어떤 귀래에 대하여」 등 언급할 만한 작품이 많다.

5

　이번 작품집에 실린 백성의 소설은 '짧은 소설'이나 '초단
편' 또는 '콩트' 등의 범주에 들어가지만, 굳이 작가는 '스마
트소설'이라는 이름을 선택하였다. 앞의 형식에 비해 '스마
트소설'이라는 명칭은 아직은 생소하다. 소설을 쓰는 백성은
당초 시로 문단에 데뷔했다. 『백수 선생 상경기』란 시집을
가지고 있는 작가는 늘 "시는 하고 싶은 이야기를 다 못 한다
는 단점을 가지고 있어, 새로이 소설 공부를 한다."고 말한
바 있다. 이는 시가 가지고 있는 함축성보다 소설이 가지고
있는 설명성을 선호하는 데서 온다. 시와 소설 두 장르 사이

에 절대적인 우열은 있을 수가 없다. 더욱이 그는 '스마트소설'에서 시가 지니고 있는 상징성을 많이 차용하였다. 이런 점이 작가가 앞으로 시와 소설 창작을 함께 할 수 있다는 가능성을 열어둔 것이라고 볼 수 있다. 그의 이번 소설집에는 서사적 성격을 띤 '이야기 시'가 몇 편 눈에 띈다.

백성은 이번 소설에서 풍부한 유머와 아이러니를 갖춘 풍자, 고도의 상징 등으로 무장한 기교의 작품들을 선보인다. 그리고 내용면에서는 우리 사회에 만연된 불합리와 부조리를 고발하는 내용들이 주를 이룬다. 그것은 소설가 백성의 작가정신에서 오는 것이며, 엄중하고도 섬뜩하리만큼 날카로운 비판력을 앞세운 그가 우리 사회에게 던지는 화두이기도 하다. 여기에서 우리는 소설가적 풍자정신과 시인으로서의 시적 감성이 융합한 작가적 태도에서 굳건하게 견지하고 있음을 알 수 있다. ✱

발문 | **황충상** 소설가

스마트소설은
오늘의 소설, 미래의 소설이다

　스마트소설의 정의와 전망을 이것이다. 답하기는 쉽지 않다. 스마트소설의 탄생이 아직 어리기 때문이다.

　소설과 스마트폰의 결합을 시도하는 새로운 창작에 명명된 스마트소설은 6년 전 계간 『문학나무』가 '스마트소설박인성문학상'을 제정하면서 한국 문학사에 처음 등장했다. 소설가로서 한 시대의 광고 카피를 문학 정서로 조율했던 박인성 카피라이터, 그의 문학상에 스마트소설이 붙은 것은 시사한 바가 컸다.

　광고 카피는 수천 마디의 말을 압축하여 상징 핵의 말이 된다. 상품을 선전하는 핵 확산의 말, 그 카피적 순발력으로 쓰는 것이 스마트소설이다. 스마트소설은 짧은 분량(2백자 원고지 7매 15매 30매 이내)의 이야기를 쓰되 문학의 통찰과 혜안을 보여주어야 한다. 나아가 스마트소설만의 초월적인 실험

기법이 작용되어야 하고, 문장 또한 스마트한 압축의미와 순전의미가 곁들어져야 문학성이 담보된다. 강렬한 시사성의 묘하고 아름다운 힘, 그 파장의 울림을 그려내는 스마트소설은 어떤 소재든 다양한 글쓰기를 보일 수 있다.

"종이 책은 안 팔리고 긴 글이 안 읽힌다."

오늘날 우리 독서 현실이다. 이때 백성의 스마트소설집 『번트 사인』이 간행된 것은 우리 독서시장의 새로운 이정표이다. 스마트폰에 장착하여 볼 수 있는 스마트소설, 대중 독서를 구축하는, 이 스마트소설의 특장은 기존 미니픽션, 엽편소설, 콩트, 짧은소설, 초단편 따위를 통섭하여 보다 스마트한 발상, 이미지, 상징을 구축하되 문제 실험을 통한 새로운 이야기를 읽게 하겠다는 것이다.

문학이 대중과 놀 수 있는 또 다른 방법의 모색으로 해석되는 스마트소설은 그러나 아직 작가들의 창작에 있어 개념 정립이 불확실하다. 그런데도 장르를 넘나들며 새로운 창작의 자유를 누릴 수 있다는 점에서 스마트소설은 오늘의 소설, 미래의 소설로 전망은 밝아 보인다.

짧지만 길게, 작지만 크게 읽히는 『번트 사인』의 스마트소설들이 모든 소재와 장르 문학의 경계를 넘나드는 글쓰기의 전범으로 스마트폰 세대 문학의 길잡이가 되리라 기대된다. ✻

스마트북스
소설가
번트 사인

1쇄 발행일 | 2017년 6월 7일

지은이 | 백성
펴낸이 | 윤영수
펴낸곳 | 문학나무

편집·기획실 | 03085 서울 종로구 동숭4나길 28-1 예일하우스 301호
이메일 | mhnmoo@hanmail.net

출판등록 | 제312-2011-000064호 1991. 1. 5.
영업 마케팅부
전화 | 02-302-1250, 팩스 | 02-302-1251
ⓒ백성, 2017

값 14,000원
잘못된 책은 바꾸어 드립니다
지은이와의 협의로 인지는 생략합니다
무단 전재 및 복제를 금합니다
ISBN 979-11-5629-051-3 03810

＊이 책은 용인시 용인문화재단의 문예진흥기금을 지원받아 발간되었습니다